LUIS LLORENS TORRES
ANTOLOGIA VERSO Y PROSA

Colección Clásicos Huracán

luis lloréns torres

ANTOLOGIA VERSO Y PROSA

edición de Arcadio Díaz Quiñones

1986

Primera edición: 1986

Viñeta de portada
y grabados págs. 87 y 108: Lorenzo Homar
Diseño de portada: Rafael Rivera Rosa
Cuidado de la edición
y diagramación: Carmen Rivera Izcoa
Tipografía: Mary Jo Smith Parés

Impreso y hecho en la República Dominicana/
Printed and made in the Dominican Republic

Núm. de Catálogo Biblioteca del Congreso/
Library of Congress Catalog Card Number: 86-83002
ISBN: 0-940238-87-X

NOTA SOBRE ESTA EDICION*

¿En qué consiste leer hoy a Luis Lloréns Torres (1876-1944)? Pocos escritores puertorriqueños han deseado, como él, fundar la literatura, institucionalizarla, convertirla en *poder* intelectual y en base de la nacionalidad, todo ello en una sociedad que contaba con muy pocos lectores. Su papel ha sido fundamental, o mejor aún, *fundacional*, tanto desde el punto de vista literario, como desde una perspectiva ideológica. Sus textos, decisivos para la moderna literatura puertorriqueña, deben relacionarse con los de otros escritores y minorías rectoras que han cumplido funciones análogas en las literaturas caribeñas y latinoamericanas.

No debe extrañarnos que uno de sus emblemas predilectos fuera el masculino *gallo*, con toda su carga erótica y patriarcal, expresión simbólica del deseo de dominación, de poder, en el campo intelectual y en el campo sexual. El *gallo*, escribe característicamente, "tiene el instinto de Dios, el instinto creador, hacedor, fecundador", y "pelea por su solar, pelea por sus hembras, pelea por el gusto de pelear". Lloréns quiso ser, en efecto, un *gallo letrado*. Eligió sus precursores (Darío, Whitman), se convirtió en "intérprete" de la cultura no letrada (las "décimas jíbaras"), fundó revistas literarias y semanarios, teatralizó la vida literaria, colaboró frecuentemente en los diarios del país, polemizó con vehemencia, inventó relatos históricos "nacionales", propuso y legitimó interpretaciones mesiánicas o escépticas de la vida colectiva. En las primeras décadas del siglo 20, él y otros beligerantes abogados y profesionales de

---

* Quiero agradecer aquí a las personas que ayudaron a preparar esta edición. En primer lugar, a Carmen Rivera Izcoa, quien la imaginó y la cuidó con su habitual devoción. En la selección y la ardua labor bibliográfica conté con la ayuda de Alma Concepción, José Buscaglia, Roberto Alejandro y Alicia Díaz. A todos ellos mis más sinceras gracias.

Ponce y San Juan parecían detentar el monopolio del discurso literario: eran periodistas, poetas, oradores, políticos, historiadores... Desplegaron su actividad en una sociedad que todavía no exigía una división de trabajo intelectual muy diferenciada. Peleaban por el *solar*, es decir, por un campo intelectual que era, a la vez, un espacio de hegemonía política y cultural, espacio que Angel Rama, en nuestros días, ha llamado la *ciudad letrada*.

Hoy es un "clásico": ha dejado de leerse con fervor, ha quedado canonizado —y reducido— en algunos textos memorables. En el fondo, se le conoce muy mal, y, de hecho, muchos de sus textos son de difícil acceso, o han quedado sepultados en las "obras completas". Muchos jóvenes puertorriqueños probablemente sólo asocian a Lloréns Torres con el caserío que en San Juan lleva su nombre, una zona social y económicamente marginada. La crítica literaria y académica —superficial y perezosa en la mayor parte de los casos— no cesa de repetir los mismos clichés, y se ha obstinado en "definirlo" (casi podría decirse "acorralarlo") estrictamente en algunos de sus poemas, sobre todo las décimas, y en concepciones escolares y estáticas del "modernismo", o en los rituales —casi siempre huecos— homenajes.

Esta antología, a pesar de su relativa brevedad, aspira a representar la complejidad de su producción, a renovar nuestra comprensión de sus contradicciones, y a romper con la inercia que ha centrado la atención exclusivamente en algunos de sus textos poéticos, mutilando la riqueza de relaciones con otros que han caído en el olvido. No es posible tener una noción adecuada de Lloréns si no estudiamos, a la vez, su prosa periodística y sus versos. Después de todo, la operación intelectual y literaria de Lloréns estuvo indisolublemente ligada al periodismo, y la nómina de sus artículos es extensa. Sobre todo, su producción y sus intervenciones más relevantes se dan en unas décadas que cierran la dominación española y abren otra, la norteamericana, con cambios notables en el horizonte material y espiritual de todos los sectores. La selección que propongo destaca los artículos y textos periodísticos que permitirán, espero, tener una idea más matizada de la escritura de Lloréns y de sus planteamientos nacionalistas y populistas, de sus importantes intervenciones en la vida política, y de su crítica literaria. Se incluyen, además, las consabidas piezas canonizadas junto a textos poéticos menos difundidos.

Esta recopilación muestra, por ejemplo, cómo en sus textos se fundan diversas corrientes del nacionalismo que postulan la "unidad" de la "familia" puertorriqueña. En este orden habría que recordar que algunos de sus presupuestos culturales y políticos y su versión de la historia nacional convergen en los textos y en la concepción de Pedro Albizu Campos, o se prolongan en el populismo y el nacionalismo que subyace en los discursos de Luis Muñoz Marín y los ideólogos del Partido Popular Democrático.

Esas conexiones, de fondo y forma, son constatables. Son también, habría que estudiarlo más detenidamente, corrientes contradictorias. Los textos periodísticos de Lloréns de la época del semanario *Juan Bobo* (1915-1917), período de intensa actividad política, ponen de relieve que él, como Nemesio Canales, se aparta polémicamente de los miembros más conservadores de la élite patriótica, para postular un nacionalismo menos abstracto, y en ocasiones, para atacar directamente la noción de "patria" de los "líricos tribunos", defendiendo la necesidad de resolver primero los problemas del hambre y del "pan del pueblo", moviéndose hacia posiciones de más amplias exigencias democráticas. Canales y Lloréns buscaron vías de aproximación y comunicación entre los intelectuales liberales y la clase obrera. Estas continuidades y escisiones en el interior de la *ciudad letrada* y el Partido Unión —en unos años de fuerza proletaria organizada y en pie de lucha en el Partido Socialista— no han sido hasta ahora estudiadas como debieran. El caso de Lloréns, quien pretende hablar desde dentro y desde fuera de la élite, puede servir de punto de partida para examinar ese proceso sin la comodidad simplificadora de los cuadros esquemáticos que han dominado nuestra visión de la historia intelectual y política.

Todavía no hay una edición crítica confiable de la obra de Lloréns. No obstante, dos estudios recientes contienen una nutrida serie de fichas bibliográficas que permite orientarse en el laberinto y el caos de otras ediciones y publicaciones: me refiero al libro de Nilda S. Ortiz García, *Vida y obra de Luis Lloréns Torres* (1977), y, sobre todo, al de Daisy Caraballo-Abréu, *La prosa de Luis Lloréns Torres: estudio y antología* (1986). Acudí también a los textos del semanario *Juan Bobo*, del *Puerto Rico Ilustrado*, la revista *Indice*, y otras publicaciones, para completar su imagen de las primeras décadas y para revisar los textos originales. Los textos se ofrecen, hasta donde ha sido posible, en orden cronológico, y con la fecha de su primera publicación en diarios, revistas o libros. Al pie de página se indica la fecha y el lugar de publicación de la primera edición. A pesar de todo, hay, en algunos casos, un inelimimable margen de inseguridad en la cronología, ya que Lloréns solía refundir sus textos, con leves modificaciones, o los publicó en distintas épocas con cambios de título. Es necesaria una edición crítica anotada. Esa labor erudita, tan necesaria, no cabe en los límites de esta edición.

Este volumen tampoco pretende ser una antología de "divulgación". Es una selección limitada, pero está estructurada con el propósito de reinventar nuestra imagen de Lloréns Torres y de los letrados puertorriqueños que postularon, a comienzos del siglo 20, perdurables y discutibles discursos literarios y nacionales. La historia intelectual puertorriqueña, un capítulo importante de la caribeña, está aún por escribirse, y en ella los textos voluntariosos, jacobinos y conservadores de los *gallos letrados* de principios de siglo ocupan un espacio incuestionable. Los valores de la cultura patricia han sido durante mucho tiempo los valores de la cultura dominante: han fundado la noción misma de literatura nacional puertorriqueña, el discurso de "lo puertorriqueño". Leer hoy a Lloréns tiene que ser, pues, una operación crítica, una interrogación de los paradigmas de esos discursos abarcadores; *leerlos críticamente*, sin asumirlos ni dejarse seducir por ellos.

La selección de textos va acompañada de breves y selectas bibliografías de la obra de Lloréns, y de la crítica literaria que pueda ser útil para un replanteamiento de las categorías que manejamos en su estudio. También he estimado deseable sugerir una breve lista de estudios históricos —casi todos recientes—

que permitan pensar históricamente el proyecto cultural y político de Lloréns, reconocer matices y antagonismos en sus textos, y ampliar las perspectivas del trabajo que aquí se reproduce como estudio preliminar. La nueva historiografía puertorriqueña ha abierto ya caminos que obligan y ayudan a repensar la historia intelectual y literaria. Por último, se ofrece una muy sucinta lista de los hechos más significativos de su vida ordenados cronológicamente, que proporcionan al lector los datos imprescindibles para armar su biografía.

Arcadio Díaz Quiñones
Princeton, junio de 1986

Lloréns Torres, a la extrema izquierda, junto a un grupo de patriotas en Ponce. Año 1902. (Cortesía de la familia Buscaglia).

LA ISLA AFORTUNADA:
SUEÑOS LIBERADORES Y UTOPICOS
DE LUIS LLORENS TORRES*

A Nilita Vientós Gastón

Vale la pena recordarlo, imaginarlo. Año, 1933; lugar, el Teatro Municipal de San Juan; la ocasión, la consagración del poeta puertorriqueño Luis Lloréns Torres, quien había llegado al cenit de su carrera literaria. Es un año que marca el apogeo y los éxitos del poeta; tenía entonces 57 años. Los homenajes se suceden en diversos lugares. Y ese día, 23 de abril de 1933, es casi la apoteosis. No podemos leer el programa de los actos sin cierta nostalgia y sonrisa ante un estilo, un Puerto Rico provinciano, cursi y al mismo tiempo devoto de la palabra, de la Literatura con mayúscula.

Veamos el programa, que transcribo fielmente. Se inició con unas décimas jíbaras de Lloréns cantadas por una jibarita de Collores, mientras otra jibarita del Barrio Río Arriba de Juncos tocaba el cuatro. Luego el poeta mexicano León Ossorio, en traje típico nacional de México, recitó un poema a San Juan de Puerto Rico, en homenaje al poeta Luis Lloréns. Una señorita aficionada a la ópera, en un programa que va *in crescendo*, cantó de *Aída* de Verdi el aria *Ritorna vincitor*. Esa señorita era Nilita Vientós Gastón. Y, finalmente, la consagración del poeta y entrega del diploma y anillo con la corona de laurel. El Poeta

---

* Este trabajo se publicó originalmente en la revista *Sin Nombre* (1975), y luego, con muy leves modificaciones, en el libro *El almuerzo en la hierba: Lloréns Torres, Palés Matos, René Marqués* (Río Piedras: Ediciones Huracán, 1982). Para este volumen, he puesto al día las referencias bibliográficas en algunas de las notas.

hizo su entrada mientras la orquesta de don Jesús Figueroa tocaba la "Marcha Triunfal" de Tavárez...[1]

El auto de consagración, en el acto auspiciado por la Universidad y el Ateneo, es buen testimonio de opiniones generalizadas entonces sobre la obra de Lloréns, y del peculiar atractivo que ejerció su poesía. Comienza así:

> *Por cuanto, de sus versos resultara evidente*
> *que Luis entre nosotros es verbo y corazón,*
> *y como su Poeta lo aclamara la gente*
> *y todo Puerto Rico le ha ofrendado su amor.*
>
> *Por cuanto, su palabra, del Arte clara fuente,*
> *troquela nuestros sueños en inmortal canción...*[2]

La gloria literaria, la poesía oral, los libros

Le concedieron la corona y el cetro. Pocos escritores puertorriqueños han logrado que su obra les asegure, en vida, la fama y la acogida casi unánime que alcanzó Luis Lloréns Torres. Fue celebrado —y coronado— como poeta nacional. Se le agasajó y homenajeó; se reconoció su función renovadora e innovadora; y, sobre todo, se aceptó, durante más de tres décadas, su palabra poética, repitiéndola y difundiéndola. No es frecuente que un público llegue a tan radical identificación con la poesía, ni que se establezca una relación tan directa y entusiasta con poemas específicos, como ha ocurrido con algunas de sus décimas, "La canción de las Antillas", "El patito feo" o el "Valle de Collores". Así lo quiso el poeta.

Lloréns fue todo menos un ensimismado o un poeta maldito. Su obra no fue hecha en la oscuridad o el apartamiento, sino a plena luz del día. Se esforzó por crearse unos interlocuto-

---

[1] Nilda S. Ortiz García transcribe el programa de los actos de homenaje en su libro *Vida y obra de Luis Lloréns Torres* (San Juan: Instituto de Cultura Puertorriqueña, 1977), pp. 40-41.

[2] He visto fotocopia del "souvenir" con los versos en la Colección Puertorriqueña de la U.P.R.

res, por crearse y cautivar a su público, por conquistar la gloria literaria, y, sin excesiva modestia, colaboró en la edificación de su propio pedestal. El "bardo de Collores" cultivó asiduamente su *persona* de poeta público, se inventó a sí mismo como personaje poético (donjuanesco, heroico, sensual y jíbaro) y se encargó de difundir su propia poesía. Solía declamar sus versos ante los oyentes, en cuanta ocasión se presentaba; animó y mantuvo prolongadas tertulias literarias. La adhesión a su poesía fue en gran medida un fenómeno de la palabra hablada, dicha, proclamada por el propio poeta, a la manera de los viejos y tradicionales juglares

Margot Arce ha recordado el raro poder de contagio de su palabra, el círculo mágico que creaba con su lectura, la adhesión que suscitaban sus décimas, el ritual de identificación y experiencia colectiva, a la manera de los antiguos juglares:

> *Quien lo haya escuchado recitar* Valle de Collores *o* La hija del viejo Pancho, *recordará vivamente que la naturalidad de su decir, su gran simpatía comunicativa, el regusto que hallaba en recrear con la propia voz viva la experiencia ya recreada por la poesía escrita, transformaban su persona en la encarnación palpable y viviente de los seres y los estados espirituales que evocaba con la magia de su palabra. La identificación era completa; el acto una verdadera y convincente "representación", digamos una especie de "rito". Entre el juglar y su público —Lloréns era un verdadero juglar en el modo de crear y de transmitir su poesía— se establecía una comunicación misteriosa, un sentimiento tan sin reservas que su voz parecía traducir la intimidad del alma colectiva y entenderse con ella en el más perfecto diálogo...*[3]

Ese frenesí que él podía comunicar con su propia voz y acento explica, en parte, el estilo oral, no sólo de sus décimas, sino de algunos de sus poemas más conocidos, que fueron concebidos, creo, para ser declamados. Por esa cualidad pudo llegar pronto al público.

---

[3] Margot Arce, "Las décimas de Lloréns Torres", *Asomante*, XXI (núm. 1, enero-marzo 1965), p. 40.

Pero Lloréns entabló también un largo diálogo con sus contemporáneos a través de la palabra impresa. Se interesó por escribir poesía, y también puso su empeño en hacer una carrera literaria. Jugó, sobre todo desde la fundación de la *Revista de las Antillas* en 1913, hasta su muerte en 1944, un papel dominante en la vida cultural puertorriqueña. En una sociedad y en una época en que el arte y la literatura eran aún privilegio de una minoría muy reducida, Lloréns aprovechó su posición y ensayó casi todos los caminos posibles para dilatar el espacio literario: la declamación y el periodismo, el teatro y el libro. Quiso ser moderno y para ello se instaló en la modernidad literaria de su momento, representada por escritores como Darío y Lugones, al mismo tiempo que renovó lo tradicional y recibido, muy moderno y muy antiguo, como se ve en sus publicaciones, folklorismo y en su afán periodístico. Junto a su íntimo colaborador, Nemesio Canales, hizo periodismo literario en la *Revista de las Antillas, Juan Bobo, Idearium* y *La Semana.* Colaboró también en *Puerto Rico Ilustrado, La Correspondencia de Puerto Rico, El Imparcial, La Democracia* y *El Mundo.* Tres libros recogen su obra poética de madurez: *Sonetos sinfónicos* (1914), *Voces de la campana mayor* (1935) y *Alturas de América* (1940).[4]

A través, pues, de la palabra dicha e impresa, Lloréns entabló una relación íntima con su público (oyentes, espectadores, lectores); comunicó sus versos desmesurados y entrañables, irónicos e incisivos; elaboró sus mitos eróticos e históricos, sus nostalgias y sus profecías hiperbólicas, proclamó apasionadamente sus convicciones políticas, y llegó a ser Maestro casi indiscutido, con discípulos e imitadores.

Una obra desigual que abrió nuevos caminos literarios

Hizo, digámoslo desde ahora, una obra muy désigual, llena de aciertos y de improvisaciones. En sus escritos propende a

---

[4] No hay todavía una edición crítica, debidamente anotada, de la obra de Lloréns Torres. La obra poética ha sido recopilada (aunque en rigor no es "obra completa") en el Tomo I de las *Obras Completas* publicadas por el Instituto de Cultura Puertorriqueña y la Editorial Cordillera (San Juan, P.R., 1973).

toda suerte de altibajos. Es pomposo y frívolo en algunos de sus versos, profundo y perdurable en otros. Su frenética y constante voluntad literaria no estuvo regida siempre por el mismo rigor, ni puede decirse que en su obra la calidad corresponda a la cantidad. Algunos poemas parecen hoy excesivamente amanerados, efectistas. En sus libros lo mejor convive peligrosamente con lo peor. Dio muchas veces lo esencial, pero no supo o no pudo desprenderse de la hojarasca. Es probable que sólo una parte de su obra literaria pueda hablarnos hoy más directamente a nuestra sensibilidad.

Entre Lloréns y nosotros se interponen ya varias escrituras decisivas y, sobre todo, unos procesos históricos y literarios que imponen distancia y lejanía. Quizás algunos de los poemas que en su tiempo se alabaron por su audacia y pugnacidad parezcan ahora grandilocuentes, estereotipados o inofensivos. Pasa siempre, en mayor o menor medida: la erosión del tiempo, y los procesos históricos y literarios hacen que muchas obras literarias caduquen, envejezcan, caigan en el olvido, aunque también a veces son imprevisible y paradójicamente rescatadas y revitalizadas. Y, desde luego, la obra de Lloréns no es excepción.

Hay una parte de su obra que acusa el paso del tiempo; del sonido y la furia sólo queda, para decirlo con el verso de Luis Palés Matos, "un rumor diluido en el viento". Pero, a pesar de lo desigual de su obra, de sus aciertos y caídas, tenemos que admitir que se empeñó en comunicarse con su público, con una sociedad, y en gran medida lo logró, contribuyendo decisivamente a hacerle lugar a la literatura en la sociedad puertorriqueña, y contribuyendo asimismo a vincular esa sociedad a ciertos aspectos de la modernidad cultural y al mundo latinoamericano. Fue portavoz, además, de un grupo de profesionales e intelectuales que en el primer tercio del siglo XX ejerce un notable poder espiritual y político, y que aspiró a generalizar su visión e interpretación de la realidad puertorriqueña. A pesar de los reparos que en rigor sería menester oponer a su obra, no se puede olvidar que se esforzó por abrirle nuevos caminos a la poesía, caminos por los que habrían de transitar muy libremente —y a veces en dirección contraria a la suya— sus contemporáneos y las generaciones posteriores. Tan es así que todavía hoy algunos repiten sus fórmulas, vacías ya de contenido y por tanto anacrónicas, como ocurre con los "jíbaros profesionales" chatos y convencionales de promociones posteriores.

Y no sólo abrió caminos a la poesía; también se ocupó de estimular generosamente a otros poetas de su generación y a los más jóvenes. En el caso de Luis Palés Matos, para destacar un ejemplo, llegó incluso a gestionarle empleos, como cuenta el cónsul dominicano, Sócrates Nolasco, cuando dicho consulado disponía de una vacante, "diciendo que en Guayama se embotaba y estaba a punto de perderse la promesa poética más grande de Puerto Rico, de las Antillas...".[5] Y el espaldarazo que le dio a Julia de Burgos fue decisivo para la entonces joven poeta.[6]

Le cantó apasionadamente a la vida elemental y al pasado, a la Tierra y a Eros, y forjó utopías y paraísos que recibieron el asentimiento casi unánime de su público. Inventó una historia halagadora y afirmativa para un pueblo colonizado; celebró y cantó los héroes antillanos y americanos. Cantó también las verdades de los sentidos y la humanidad del hombre.

Independientemente de las desigualdades de su obra, hoy tenemos que reconocer que muchas de las experiencias y tentativas literarias contemporáneas en Puerto Rico parten directa o indirectamente de su obra. Contribuyó, desde la *Revista de las Antillas*, las tertulias de la Peña de la Mallorquina, y desde sus versos a levantar los andamios y construir el edificio de la modernidad literaria en Puerto Rico.[7] Propuso e impuso un nuevo lenguaje, unas nuevas herramientas literarias que mere-

---

[5] Sócrates Nolasco es testigo excepcional; su libro, *Escritores de Puerto Rico* (Manzanillo, Cuba, Editorial "El Arte", 1953), da abundantes noticias sobre la vida cultural y literaria puertorriqueña de la segunda década del siglo XX, y semblanzas de sus principales protagonistas: Nemesio Canales, Lloréns Torres, etc.

[6] En 1937 publicó en la revista *Puerto Rico Ilustrado* un artículo titulado "Cinco poetisas de América" en el cual elogia la poesía de Clara Lair, Alfonsina Storni, Gabriela Mistral, Juana de Ibarbourou y Julia de Burgos. *Puerto Rico Ilustrado*, 13 de noviembre de 1937, p. 15. De Julia de Burgos dice entonces: "es la promesa más alta de la poesía hispanoamericana".

[7] Puede consultarse, además del libro de Sócrates Nolasco citado arriba, el testimonio del poeta y novelista puertorriqueño J.I. de Diego Padró, *Luis Palés Matos y su trasmundo poético* (Río Piedras: Ediciones Puerto, 1973). De Diego Padró narra y habla sobre las tertulias y las peñas literarias de ese período.

cieron la alabanza de los críticos y los escritores. Aspiró, como diría Mallarmé de Edgar Allan Poe, a "darle un sentido más puro a las palabras de la tribu" ("donner un sens plus pur aux mots de la tribu") aunque a diferencia de Poe sus palabras fueron aceptadas con sorprendente y casi unánime entusiasmo.

Lecturas de Lloréns: Críticos y poetas

Así lo reconocieron los críticos y los poetas más destacados. Veamos sólo algunos ejemplos. Don Antonio Cortón, el primero. En su carta-prólogo de 1897 al juvenil libro de Lloréns, América, colección de "estudios históricos y filológicos" como los llama su autor, Cortón elogia los ensayos del joven de 21 años y no vacila en alabar su "inteligencia lozana y fecunda".[8] "Haga Ud. libros, le dice, puesto que hacerlos sabe", consejo que seguirá fielmente Lloréns. Unos catorce años más tarde su amigo, socio y colaborador Nemesio Canales declara su entusiasmo y saluda en Lloréns el advenimiento de una nueva poesía. En 1911 publica Canales en tres sucesivos "paliques" una larga carta abierta, donde aplaude al autor de "Rapsodia criolla", "Leticia y Margot" y "Barcarolas".[9] Elogia la novedad de esos poemas que Canales opone, con su sana ferocidad y con voluntad de enfrentar los jóvenes a los mayores, a los viejos y acartonados vates ramplones. La nueva poesía de Lloréns había

---

También debe consultarse, sobre todo por la información que ofrece, el estudio de Enrique Laguerre, La poesía modernista en Puerto Rico (San Juan: Editorial Coquí, 1969). Laguerre dedica un capítulo a la Revista de las Antillas y otro a Lloréns Torres.

[8] La primera edición de América es de 1898 (Barcelona-Madrid), aunque la carta-prólogo de don Antonio Crotón está fechada en 1897. Cito por la edición del Instituto de Cultura Puertorriqueña y la Editorial Cordillera, Obras Completas, Tomo II (1969), pp. 9-17. Esta edición va precedida de un ensayo de María Teresa Babín, La prosa del poeta Luis Lloréns Torres, pp. ix-xxxii.

[9] Nemesio Canales publicó la extensa Carta abierta originalmente en el diario El Día de Ponce los días 10, 12 y 18 de julio de 1911, en la p. 4 del periódico. Puede verse también en Paliques (Río Piedras, P.R.: Editorial Phi Eta Mu, 1952), y en Unidad y esencia del ethos puertorriqueño, edición de E. Fernández Méndez (Río Piedras: Universidad de Puerto Rico, 1954), Tomo I, pp. 267-275. El Boletín de la Academia de Artes y Ciencias de Puerto Rico, III (núm. 3, julio-agosto 1967) también la reproduce en las pp. 531-539.

suscitado polémicas, pero Canales, insistiendo en la ruptura generacional, no escatima rotundos elogios: "Es la primera vez, así como suena, que Puerto Rico tenía el honor de ser cantado con un canto del corazón, intenso y bello, por un poeta de veras". Se refería a la "Rapsodia criolla". Canales exalta a Lloréns como poeta moderno; su elogio iba enderezado contra Gautier Benítez y los "Huguitos" que no entienden, dice Canales, en su tono desafiante y típicamente parricida, la nueva música de su poesía. Le asigna el papel de renovador de la vieja literatura puertorriqueña que, según Canales, "se caía ya de puro vieja, arrugada y chocha".

Otro testigo contemporáneo del poeta es Miguel Guerra Mondragón, traductor esmerado de Oscar Wilde y uno de los críticos más cultos y modernos de esa promoción, aristocrático promotor del culto a la Belleza. Guerra Mondragón publicó en 1914 en la *Revista de las Antillas* un importante ensayo sobre el movimiento literario en Puerto Rico, y al hacer la nómina de los modernos, dice: "En poesía Luis Lloréns da la nota más original... Su técnica y su estética chocarán a quienes no hayan leído a Verlaine, Swinburne, Emerson, Kipling, Whitman y Thoreau... No he querido decir que Lloréns siga a ninguno de los poetas mencionados. Es el poeta más americano que tenemos. Idealiza la tierra, la vida, las cosas todas. Fue whitmaniano antes de conocer a Whitman... Dio con un derrotero en el que ceñirá laureles y conquistará renombre...".[10] En el prólogo al libro *Bronces* del poeta Pérez Pierret, también en 1914, Guerra Mondragón reitera su caracterización: "...Lloréns Torres ya es nuestro Whitman. Ambos poetas (Lloréns y Pérez Pierret) americanos, fuertes, de energía para alentar a la acción...".[11]

Los más prestigiosos críticos universitarios, Concha Meléndez, Antonio S. Pedreira y Margot Arce se ocupan de su obra. En 1933 Concha Meléndez y Antonio S. Pedreira publican juntos un artículo titulado "Luis Lloréns Torres, el poeta de Puerto

---

[10] Miguel Guerra Mondragón, "San Juan de Puerto Rico: su movimiento literario", *Revista de las Antillas*, año 2, núm. 4 (junio de 1914), p. 84.

[11] Antonio Pérez Pierret, *Bronces*. Prólogo de Miguel Guerra Mondragón (San Juan, Puerto Rico: Editorial Antillana, 1914). Hay edición reciente (1968) de la Editorial Coquí.

Rico".[12] Estudian el terreno explorado por su poesía, los temas, sus teorías estéticas, su erotismo; destacan el aplauso unánime que recibe su poesía jíbara y su vocación de poeta americano. Terminan elogiándolo —y es significativo— como poeta que ha superado el insularismo. Los dos críticos llegan a identificarse con su poesía y sus aspiraciones de vocación latinoamericana; con acento patético recuerdan el estrecho marco insular y elogian el logro de Lloréns: "Luis Lloréns Torres, dicen, es un poeta isleño con vocación continental... Los que vivimos muriendo en estas peñas del Caribe, sabemos del dolor geográfico que sufren nuestras obras, generalmente juzgadas en función de la pequeñez insular. Lloréns que sabe ser de aquí y de otras partes, desde sus comienzos literarios rompió una vez más el cerco de la limitación... Con ser un buen poeta puertorriqueño, hay que recabar para él la gloria de ser también un gran poeta hispanoamericano".

La lectura que hace Margot Arce de la obra lloreniana en 1944, a raíz de la muerte del poeta, es, me parece, la lectura más generalizada entre los miembros de la élite intelectual nacional en ese momento. Margot Arce explica la visión erótica de la realidad en la poesía de Lloréns, pero pone igual énfasis en el valor patriótico, nacional de su obra. "Tiene derecho, afirma, a llamarse el poeta de Puerto Rico".[13] Ve en su obra nuestros defectos y nuestras virtudes, y pone de relieve su dimensión criolla e iberoamericana. Coincide con Palés Matos, como veremos, en la valoración de las décimas como lo más logrado y duradero de su obra, y lo propone como alto modelo por su cultivo de la lengua española y por su aportación a la formación de la conciencia nacional. "Muy pocos poetas nuestros —nos dice— muy pocos escritores han contribuido tanto como él a la formación de una conciencia nacional". Su poesía, pues, tiene

[12] Antonio S. Pedreira y Concha Meléndez, "Luis Lloréns Torres, el poeta de Puerto Rico", *El Mundo*, 20 de agosto de 1933, pp. 6-7. Se publicó también en la *Revista Bimestre Cubana*, La Habana, XXXI, (1933), pp. 330-352.

[13] Margot Arce, "La realidad puertorriqueña en la poesía de Luis Lloréns Torres", en *Impresiones* (San Juan: Editorial Yaurel, 1950), pp. 81-87. La autora leyó ese trabajo en 1944, en el homenaje que se celebró con motivo de la muerte del poeta.

un valor ético, político, lleno de esperanzas futuras: "No le basta con la protesta en contra de la colonia; también ataca el imperialismo norteamericano aquí y en el resto del continente. Quiere un orden más humano y más justo". Esa preferencia por las décimas, así como el valor utópico de su canto se reitera en otro estudio de 1966. Allí nos dice Margot Arce: "A ese canto debemos los puertorriqueños no sólo una encantadora imagen de la hermosura de nuestra isla, sino... nuestra emoción y nuestros sueños de libertad".[14]

Tres poetas angulares de la modernidad puertorriqueña han manifestado, en testimonios de excepcional valor, su admiración y deuda con la poesía de Lloréns. Me refiero a Luis Palés Matos, Julia de Burgos y Juan Antonio Corretjer; la presencia de Lloréns en la obra de estos tres poetas, dicho sea de paso, es múltiple y compleja, pero decisiva. Palés escribe en 1944, con motivo de la muerte del poeta, un poema que viene a ser una evocación de su personalidad y de su obra.[15] Para Palés, Lloréns ha adquirido todo el prestigio magisterial; lo llama *Maestro*, y va recreando sutilmente el lenguaje y los motivos del bardo de Collores, recreando sus versos, interpretando los modos y la dirección general de su poesía, su "alegría sensual y luminosa", las inquietudes que le llevaban "por rutas misteriosas/hasta el cósmico imperio de las claras esferas". Evoca también su fama de tenorio impenitente y el trasfondo criollo de su poesía. Describe y elogia la décima de Lloréns, consolándose con la vieja esperanza de la inmortalidad literaria que, según Palés, se logrará precisamente con la fusión del poeta con su pueblo a través de la décima. Puede percibirse en el poema de Palés un intento de definir la figura poética de Lloréns, más favorable a su decimario que a los "poemas de ancho y viril aliento". Vale la pena citar la última parte:

---

[14] Margot Arce, "Las décimas..." (Véase n. 3, arriba), p. 46.
[15] El poema se titula "A Luis Lloréns Torres" y figura en la edición *Poesía 1915-1956*. (San Juan: Universidad de Puerto Rico, 1957), pp. 277-279. (Hay ediciones posteriores).

Y sentías, pensabas. Y de tu sentimiento
iba cuajando una niebla azul en el viento.
Una niebla de música vaporosa y sencilla
que en ancestral romance su pie menudo apoya,
y de cuya cadencia brotó la maravilla
del canto inimitable: ¡tu décima criolla!

Tu décima criolla: guiño de picardía,
flor de gracia y esencia de honda filosofía;
agua que descendía cantando su canción
del manantial fecundo de tu gran corazón
y que tú nos filtrabas en hojas de yautía.

Maestro: cuando tu carne ya en tierra, liquidada,
sea un poco de polvo, una ceniza, nada;
cuando de tus poemas de ancho y viril aliento
sólo quede un rumor diluido en el viento,
y cuando de la estatua que habrán de levantarte
más que tu nombre mismo, se admire la obra de arte;
un día, allá en el fondo del campo, alguna triste
jíbara enamorada, para endulzar su historia,
dirá una copla tuya sin recordar quién fuiste
¡y ese será el más grande monumento a tu gloria!

Julia de Burgos llora, desde Nueva York, la muerte, nos dice, de "nuestro bardo inmortal".[16] Para Julia de Burgos lo memorable, lo que singulariza a Lloréns es su preocupación por el porvenir de las Antillas, así como la fusión de lo tradicional y lo más moderno, el "alma de jíbaro perenne", "eminentemente folklórico", que "con majestad de palmera se sentaba a beber su cacharro de café prieto junto a las más sutiles princesas de Darío y a los más temibles centauros". Con la muerte de Lloréns se siente despojada y formula un doble homenaje, personal y colectivo:

El homenaje de un pueblo apasionado puesto de pie frente a
la memoria de uno de sus predestinados y el homenaje, con-
movido, individual, de aquel que en algún instante de su vida
sintió su presencia para jamás libertarse de su profundo

---

[16] El texto de Julia de Burgos se publicó en la revista puertorriqueña *Artes y Letras*, núm. 18 (junio de 1958), p. 13. Allí se indica que se trata de un homenaje leído por la poeta el 23 de julio de 1951 en Nueva York.

*recuerdo. Y cuando ese hombre inmortal es un poeta, y
cuando ese poeta representa a cabalidad el alma viva de una
tierra que palpita en cada poro de nuestra existencia espiritual y moral; y cuando esa tierra, pese a su destino, se llamará
Borinquen para la eternidad, es doblemente inmenso este
homenaje que hoy busca expresión en mis labios para trans-
portar, desde esta tierra extraña, hasta la amapola que de
seguro enciende la lápida distante, el beso de amor de la mujer
puertorriqueña para su máximo cantor y el beso fraternal del
jíbaro...*

Juan Antonio Corretjer publica un penetrante "juicio histórico" en 1945, que sólo puedo extractar.[17] Corretjer hace un
balance de su obra y de su personalidad. Estima que es poeta
nacional, representativo de la "puertorriqueñidad" y por ello
mismo, universal; recuerda su defensa de la lengua española y
lo ve como símbolo de la resistencia cultural, "mantenedor de
nuestra cultura" lo llama. Al mismo tiempo, y con conciencia
de la tradición literaria, afirma que es el continuador de Manuel
Alonso, Alejandro Tapia y Eugenio María de Hostos, pero
Lloréns "les lleva —asegura— a sus ilustres antecesores literarios, Hostos exceptuando, la ventaja de estatura patriótica de su
largo y franco alegato por la independencia nacional... ejem-
plar conducta de hombre de letras ante nuestro problema nacional. Con la excepción de Hostos —agrega Corretjer— nadie ha
hecho tanto como él por nuestras Letras".

Pero Corretjer también señala contradicciones, defectos,
fallas de carácter ético y político. La censura recae explícita-
mente sobre determinados poemas en que Lloréns se mostró
tolerante con los tiranos y frívolo en sus poemas a las reinas de
carnaval...

*Así nos duele hasta los tenues más hondos del alma verle
dedicando un poema al coronelito Roosevelt, por aquel
entonces gobernador de nuestra patria, descendiendo él, y*

---

[17] Es un ensayo titulado "Lloréns: juicio histórico". Nueva York, 1945.
Fragmentos del mismo se publican en *Artes y Letras*, núm. 18 (junio de 1958),
pp. 2-5. Se reimprime en *Poesía y revolución*. Tomo I (Río Piedras: Editorial
Qease, 1981), pp. 155-170.

haciendo descender nuestra lírica... verle halagar en versos al dictador dominicano Trujillo... (y que) malgastara tanta espontaneidad y tanta maestría lírica en rimarle versos a señoritingas presuntuosas, sin otro derecho a la inmortalidad que la petulante inclinación del poeta a las ancas rotundas...

Emilio S. Belaval, uno de los narradores más importantes de la literatura puertorriqueña contemporánea, ensayista y dramaturgo, ha comentado también la obra de Lloréns. El testimonio de Belaval, compartido por casi todos los escritores de la llamada generación de la década del 30, subraya la nueva espiritualidad del poeta nacional, su "cruzada" poética y, de importancia para nuestro tema, los valores históricos y políticos de su obra:

> *Sin él proponérselo tal vez, Luis Lloréns Torres se encontró convertido en el poeta oficial de la raza española en Puerto Rico, en el cónsul de la poesía hispanoamericana en Puerto Rico, en un poeta de masas hambrientas de palabras bellas. en el proto hombre, en sentido goethiano, de una nueva espiritualidad. Se trata de una verdadera cruzada poética.*

> *El ciclo de imágenes de los tres primeros decenios del siglo XX de la poesía lloreniana, es la exposición de una violencia multicolor y abigarrada, donde la poesía culta y la poesía inculta se dan beso de hermanas en una misma barricada. Su método para enfrentarse al coloniaje político era descubrirle al puertorriqueño las raíces magníficas de su época. Presenta la historia del hombre español en Puerto Rico como una hazaña humana. La proporción entre lo histórico y lo humano en la poesía de Lloréns es notable. Su rapsodia moderna a los héroes de la colonización no llega nunca al punto que el hombre pudiera sentirse acorralado por la leyenda. La tierra puertorriqueña es un desprendimiento de una antilia fabulosa, digna de convertirse en un nuevo jardín de las Hespérides.*[18]

---

[18] Emilio S. Belaval, "El estilo poético de Luis Lloréns Torres", *El Mundo*, 2 de junio de 1956, p. 17. Se reproduce en el *Boletín de la Academia de Artes y Ciencias de Puerto Rico*, III, núm. 3 (1967), pp. 483-493.

Un centro: el paradigma utópico y las ilusiones heroicas

Hecho, pues, el balance de los críticos y los poetas, éste resulta favorable, a pesar de las reservas y las diferencias de valoración. Para unos Lloréns fue lo moderno, lo nuevo; para otros la apertura hacia una dimensión latinoamericana, encarnación del alma nacional, juglar, intérprete de la tradición, cantor de la mujer, del mundo campesino, del jíbaro. Tenemos que preguntarnos ahora, para llegar al centro de la cuestión que nos ocupa, si se trata de visiones o comprensiones divergentes de la personalidad y de la obra de Lloréns, o si hay un centro de gravedad que nos permita descubrir la unidad de designio de su obra. Trataré de mostrar que Lloréns asume lo moderno y lo folklórico, los modos y maneras poéticas más diversas para fijar, en el núcleo fundamental de su obra, unos sueños, unas utopías personales y colectivas, unas apetencias edénicas del pasado y del porvenir, islas eróticas e históricas que pretenden liberar al autor y a sus lectores. América, la mujer, la infancia, el heroísmo, el futuro, serán lugares de reconciliación, de pureza, de esperanza, lugares añorados y soñados, donde los conflictos aparecen resueltos. La Edad de Oro, el jardín bíblico, la unión amorosa y la geografía americana y antillana se confunden en su obra, como ha ocurrido tantas veces en la literatura, sobre todo en la tradición romántica.

Lloréns logra imprimirle a su poesía histórica y a su poesía jíbara, a su visión del Grito de Lares y a su visión del porvenir el paradigma utópico, la felicidad o la nostalgia de la felicidad. Es ante todo, en prosa y en verso, poeta de certidumbres, de reinos perdidos o futuros, de imaginarios paraísos y de insaciables ilusiones heroicas. Para ello, como veremos, tendrá que abandonar la Historia y sustituirla por la Estética, tendrá que detener el Tiempo, como en la misteriosa y encantada isla de *La tempestad* de Shakespeare. En más de un sentido su obra me ha recordado a *La tempestad*. Lloréns es a veces como un Próspero, un mago que provoca la tormenta para lograr la armonía que, valiéndose de *Ariel*, es decir de la imaginación poética, quiere imponer un renacimiento y un nuevo comienzo espiritual y moral. Nada más lejos del espíritu de esa obra de Lloréns,

digamos, que la tierra baldía de T.S. Eliot. No: la tierra de
Lloréns es fértil, paradisíaca, como la isla de Shakespeare, y
como si el poeta pudiera asumir el papel de Próspero, Ariel y
Calibán a la vez. Su isla, el amor y la poesía serán su reconfor-
tante Miranda.

Me parece que el propio Lloréns lo ha expresado cabal-
mente en el prólogo a sus *Sonetos sinfónicos* de 1914, con ecos
claros del voluntarismo romántico: "Una mente sana no puede
concebir nada más bello ni más bueno que el mundo, nada más
bello ni más bueno que la humanidad. De este modo, la poesía
que no mane amor al mundo, a la vida y a los hombres es obra
vana que carece de realidad y de idealidad". Y, más adelante,
afirma: "Para el poeta no hay colindancias en el tiempo ni en el
espacio. El pasado fue bello y grande, como lo es el presente y
como bello y grande será el porvenir. Y el poeta puede y debe
recorrerlo todo y volar y verter sobre todo su vaso de amor". Y,
más claramente en el primer poema de ese libro, titulado "Poetas antillanos", donde formula su poética y nos describe el furor
poético, la inspiración, con una valoración suprema —ilusoria,
añadiría yo— de la palabra que le confiere poder, como a los
románticos y como a Walt Whitman:

> *Es un momento*
> *en que yo mando en el mundo. Un momento*
> *en que soy del todo dueño:*
> *de la tierra, del mar y del cielo.*
> *Un momento*
> *en que me obedece el Universo*
> *y en que hasta de mí mismo soy dueño.*

Antes y después de 1898:
De "América" a la "Revista de las Antillas"

Esa ilusión del poder de la palabra va gestándose lentamente
y culmina en los años de mayor actividad creadora del poeta,
que es la segunda década del siglo XX. ¿Cómo se fue formando?
Veamos. Luis Lloréns, hijo de hacendados de café de Juana
Díaz sigue la ruta usual de muchos jóvenes de su clase a finales
del siglo XIX: va a España a hacer estudios de Derecho. Barce-

lona, primero; luego Granada. Y allí se despierta su vocación histórica y literaria. En su libro *América*, publicado en la Península en 1898, aparece por primera vez su pasión americana y los conocimientos que luego va a someter a reelaboración poética en poemas como "Canción de las Antillas", "Velas épicas" y "Mare nostrum".[19] Es un libro de un joven de 22 años, inteligente y pedante, presuntuoso y lírico. Mucha erudición pseudo-científica al servicio de tesis dudosas e ingenuas.

Evidentemente se ha documentado; ha leído las *crónicas* de Indias, la *Biblioteca histórica* de Alejandro Tapia, la *Historia* de Fray Iñigo Abbad y las notas de José Julián Acosta, a Salvador Brau y a otros. Despliega un curioso y extravagante positivismo, animado por ingenuas preguntas o seudoproblemas. Dice al final de la obra, por ejemplo, que: "Los dos puntos más oscuros de la historia de Puerto Rico son el descubrimiento de dicha isla y el nombre con que los indios la conocían". Le interesan, sobre todo, los héroes del descubrimiento y la descripción geológica y geográfica más exacta posible.

Pero influido quizás por aquellos fabulosos cronistas de Indias y cierta tradición romántica, aparecen ya en ese primer libro sus mitos de la *isla afortunada*, la *Antilla* de los descubridores, el *edén* que será constante y antigua sirena que va a tentarlo hasta el final de sus días y que propondrá con valores históricos y políticos a sus lectores. Y a pesar de toda la rara erudición, encontramos en *América*, en lenguaje parecido al de Don Quijote cuando le tocaban el tema de la caballería andante, pasajes como el siguiente, repleto de lugares comunes y los clisés del más trillado romanticismo adolescente:

> *Y cuando el sol desaparece en el horizonte, y las aves vuelven a sus nidos, y el firmamento se corona de brillantes estrellas, y la luna rasga los flotantes crespones del cielo; cuando no se escucha más que el susurro tenue de las arboledas y el acompasado murmurar de los arroyos; cuando toda la naturaleza duerme, y sólo se percibe algo como un hálito misterioso de seres infinitamente pequeños, entonces Puerto Rico es el país*

---

[19] Véase arriba, nota núm. 8.

que sueñan los poetas, el oasis del inmenso desierto, edén de
la paz, valle de perfumes y armonías, el ansiado paraíso de los
seres que se aman, de las almas que se comprenden, y el nido
de la mujer a quien se adora. Puerto Rico, en fin, es el país
más hermoso de la Tierra...[20]

Es una fe, una religión, un mito que luego cumplirá, en su obra literaria, la función de contrarrestar el mito degradante que supone el imperialismo. Y la vocación histórica se va transformando poco a poco en resuelta misión poética. Para ello hay razones literarias y extraliterarias.

Aquel joven abogado regresa a un Puerto Rico en el cual se ha consolidado la expansión imperialista norteamericana que no podrán combatir los hacendados criollos y donde ya se han iniciado unos procesos que van a transformar radicalmente la sociedad puertorriqueña. Esa expansión imperialista se apoyó, en parte, en la invasión militar del 98, y en un calculado programa de asimilación cultural dirigido desde el sistema educativo. Durante esa primera década del siglo XX, Lloréns se dedica a su profesión y a la política; fue miembro del Partido Unión, legislador, colaborador y amigo de Matienzo Cintrón, de Luis Muñoz Rivera, de Nemesio Canales y, con altibajos y a ratos hasta con franca antipatía, de José de Diego.

Son más de diez años de silencio literario, pero son años en que va leyendo y reflexionando, formando y definiéndose política y literariamente, como se observa ya en 1913 cuando irrumpe de nuevo en la vida cultural. En 1900 había escrito un prólogo al libro *Amorosas* de Mariano Abril, documento que estimo importante en su trayectoria.[21] En ese prólogo se reafirma como poeta, y subraya el carácter cosmopolita del arte que une a los hombres por encima de las posibles diferencias. En todos los pueblos, dice, "ha habido Homeros para cantar a los héroes, y Petrarcas para inspirarse en el amor. Y así sucederá

---

[20] *América...,* p. 47.
[21] Mariano Abril, *Amorosas.* Prólogo de Luis Lloréns Torres. (Ponce, Tipografía La Democracia, 1900).

siempre: la poesía no puede desaparecer, mientras existan hombres que tengan corazón. Ya lo dijo Bécquer, de otro modo 'mientras exista una mujer hermosa habrá poesía'. 'Y yo', termina con su humor característico, 'voy más lejos que el poeta andaluz: yo creo que mientras exista una mujer, aunque sea feísima, habrá poesía''.

Lloréns se refiere en ese prólogo también a las inseguras circunstancias de la cultura puertorriqueña. Habla ya de "defender nuestra personalidad, conservar nuestro carácter, nuestras costumbres, nuestra lengua... En los Estados Unidos han existido y existen poetas... pero es claro que no son poetas esos americanos que han venido tras el negocio o el empleo", y termina con las siguientes palabras: "he querido demostrar que aquí cultivaremos siempre la poesía, aunque seamos completamente absorbidos por el pueblo norteamericano".

Es evidente para mí que esas palabras delatan una preocupación que más tarde se convertirá para Lloréns y para muchos intelectuales y escritores puertorriqueños en programa: la palabra impugnadora y reivindicadora de una cultura, el ataque, a nivel literario, de uno de los aspectos del imperialismo, o, para decirlo de otro modo, la defensa de los símbolos de lo que para ellos constituía la "cultura nacional". En la segunda década del siglo XX, desilusionado de la acción política y los partidos, se lanza a la empresa de la *Revista de las Antillas* y comienza la segunda y larga época de su vida literaria. Buena parte de su obra está vinculada a esa defensa anunciada en el prólogo de 1900. Abandona las armas de la política por las letras, aunque su obra tendrá valores y propósitos político-culturales muy definidos.

Esa misma vocación intelectual y política, literaria, celebrada y reconocida tan fervorosamente en el año 1933, es la que el poeta elogia en otra importante figura de las letras puertorriqueñas, Manuel Alonso, autor de *El Gíbaro* y uno de los fundadores de la literatura puertorriqueña en el siglo XIX. Lloréns, precisamente en ese año de 1933, publica unas décimas en homenaje a Alonso y en ellas elogia su opción literaria e intelectual, frente a la opción de ser propietario rico. Lloréns menciona a José Julián Acosta, Ruiz Belvis, Matienzo Cintrón y otros, y hace pensar que él mismo se siente heredero de esta tradición:

> *Loco como Don Román*
> *como Matienzo y Ruiz Belvis*
> *como don José de Celis,*
> *como don José Julián.*
> *El que fue uno de aquéllos tan*
> *locos que en la patria han sido:*
> *que en ser propietario rico*
> *no puso el tenaz empeño*
> *con que acarició el ensueño*
> *de dar a su patria un libro.*[22]

Lloréns también quiso darle varios libros a su patria, y quiso ser, como había dicho en 1900, una especie de Homero y Petrarca. Una parte central de su obra, como veremos, es dirigida a crear mitos heroicos y bellos, su isla afortunada, la Antilia o el idílico mundo campesino, todo ello con ánimo edificante, aleccionador y evidentemente para comunicar y contagiar a otros con sus sueños utópicos y liberadores.

El sistema literario y el contexto político-social

Unas observaciones antes de proseguir. En ningún caso puede verse la obra de Lloréns Torres como un todo perfectamente coherente y de carácter monolítico. Sería erróneo imponerle desde fuera un orden, un sentido único e inequívoco. No; aquí se trata de precisar sólo un cauce central, una dirección en la trayectoria de su obra, la génesis y significación de algunas de sus obras más importantes. Sobre todo de aquellas obras que motivaron los entusiasmos de sus coetáneos y de críticos y poetas de promociones posteriores, como hemos visto en la primera parte de este trabajo.

Lloréns Torres va haciendo su obra literaria e intelectual en la encrucijada del modernismo literario, con sus corrientes

---

[22] Publicado en el diario *El Imparcial*, San Juan, 22 de junio de 1933, p. 5. También aparece en el libro de Nilda Ortiz García, *Vida y obra de Luis Lloréns Torres* (San Juan: Instituto de Cultura Puertorriqueña, 1977), p. 201.

contradictorias, y en la encrucijada social y política del Puerto Rico de las primeras décadas del siglo XX. Puede estudiarse en su caso —entendido en un sentido dinámico— el sistema literario, y a la vez, el sistema político-social que opera de modo muy diverso sobre la producción cultural.[23] Ese doble contexto, así como sus complicadas relaciones, lo vemos en el caso de Lloréns y en el de otros abogados-intelectuales-periodistas de San Juan que ejercieron funciones rectoras en la vida del país, como Nemesio Canales, Miguel Guerra Mondragón y otros benévolos "mandarines" de la cultura puertorriqueña.

Hemos visto la pasión americana, romántica y regionalista que anima a Lloréns en su libro juvenil *América*, y su conciencia literaria y patriótica en el prólogo de 1900 al libro de Mariano Abril. Pero la obra más representativa de Lloréns, desde el punto de vista ideológico y estético, se va configurando en la segunda década del siglo XX. Para entender su trayectoria es imprescindible estudiar aquellos aspectos del modernismo que logran hacerse presentes en su obra, o que de algún modo le ofrecen opciones literarias e intelectuales. Destacaré cómo algunas obras y autores claves del modernismo contribuyen a la nueva "espiritualidad" que Lloréns y su promoción convierten en programa, y cómo Lloréns va encontrando unos modelos y una atmósfera propicia para llegar a ser —como él mismo decía en el prólogo de 1900— un moderno Homero. Veremos cómo busca, y encuentra, en la nueva literatura modernista y en la tradición costumbrista y criollista todo lo que corrobore su apetito de una historia fabulosa y heroica y su necesidad de un futuro mesiánico. Iré destacando, además, la estrecha relación que existe entre los sueños y los mitos de Lloréns y los valores

---

[23] Me han sido muy útiles, para aclarar los supuestos teóricos al abordar el problema, los siguientes trabajos: J. Tynianov, "De l'évolution littéraire", en *Théorie de la littérature*, trad. de Tzvetan Todorov (París, Seuil, 1965), pp. 120-137. Hay trad. española en la colección de textos de A. Sánchez Vázquez, *Estética y marxismo*, Tomo I (México, Era, 1970), pp. 260-270. Claudio Guillén, "On the Object of Literary Change", en *Literature as System* (Princeton, 1971), pp. 470-510, y el excelente ensayo de Karel Kosik, *Dialéctica de lo concreto*, trad. de A. Sánchez Váquez (México, Grijalbo, 1967), sobre todo las pp. 125-168. Debo mencionar asimismo el valiosísimo estudio de Harry Levin, *The Myth of the Golden Age in the Renaissance* (New York: Oxford University Press, 1969).

culturales e ideológicos de una élite que luchó infructuosamente por mantener la hegemonía de los hacendados criollos después de la invasión norteamericana de 1898, y la importancia que va adquiriendo la literatura en la elaboración de una cultura "patriótica".

Guerra Mondragón: los nuevos ídolos literarios y la voz seductora de "Ariel"

Como testimonio y punto de partida para el estudio de los valores y modelos de la promoción de Lloréns Torres, es valiosísimo el prólogo que escribió en 1914 Miguel Guerra Mondragón al libro *Bronces*, citado en la primera parte de este trabajo.[24] Guerra Mondragón, íntimo colaborador de Lloréns Torres y de Nemesio Canales durante la segunda década, se declara en el prólogo fervoroso partidario de la nueva literatura y del rejuvenecimiento cultural. Enjuicia con severidad a los que él llama Generación de 1887, que sólo han dejado, dice, "hueca palabrería". Frente a aquella generación puertorriqueña ya anacrónica, según Guerra Mondragón, la "generación actual" ha buscado nuevos rumbos, nuevos modelos. Es una generación que con Chocano "fue en busca de alientos a la historia maravillosa de la raza" y que ve en Rodó "una estrella que fulgura y conduce". Vale la pena citar del ensayo de Guerra Mondragón el pasaje en que expone concisa y netamente los nuevos valores, haciendo referencia a los nuevos "ídolos literarios", en palabras que Lloréns o Canales hubieran firmado sin mayor reparo. La "generación actual", dice:

> ...Sin ser iconoclasta, sustituyó por otros los antiguos ídolos literarios. Desdeñó lo accidental y pasajero para sólo mirar lo universal e inmanente. Odió las reglas y la retórica, para sólo amar la eterna belleza y la eterna armonía. Cerró los libros de Revilla y abrió los de Ruskin, Arnold, Pater y Meredith, en cuyas páginas contempló la belleza de lo que vive, y amó la vida. Con Macaulay aprendió a ser analítica y sutil; Carlyle, Emerson y James le enseñaron a ser soñadora al par que

---

[24] Véase la n. 11.

fuerte. Thoreau y Whitman fueron sus maestros de energía, tolerancia y humana solidaridad: con ellos estudió la naturaleza y sintió exultantes vibraciones. Con Chocano fue en busca de alientos a la historia maravillosa de la raza y a las selvas imponentes de nuestra América. Y cuando quiso ser elegante y refinada y helénica, rimó con Rubén Darío. Al estirado y aullante Echegaray, sucedió el insinuante y sinuoso Benavente. Marquina, Machado, Jiménez y Villaespesa hicieron olvidar al oratórico Núñez de Arce y al ingenuo Campoamor. Valle Inclán aprisionó en sus versos y en su prosa una exquisitez desconocida en nuestra lengua. Y Unamuno, Maeztu, Baroja y Azorín enseñan un realismo idealista, exento de crudezas y de contactos con cierto grosero positivismo. En estos momentos las miradas de esta inquieta juventud vuélvense atraídas por una estrella que fulgura y conduce, allá en el Sur, hacia el nacimiento de un hermoso y radiante ideal. He evocado el nombre del autor de Ariel...[25]

Tenemos que suponer, por la evidencia patente en la *Revista de las Antillas* y en su obra de la segunda década del siglo, que el Lloréns abogado y político de la primera década, a pesar de su casi absoluto silencio literario, se dedica a leer y apropiarse los libros canónicos de la modernidad y el americanismo literario. Es decir, el *Ariel* (1900) de José Enrique Rodó, *Prosas profanas* (1896), *Cantos de vida y esperanza* (1905), *El canto errante* (1907) y, desde luego, el *Canto a la Argentina* (1910) de Rubén Darío, *Alma América* (1906) del peruano Santos Chocano, *Los crepúsculos del jardín* (1905), el *Lunario sentimental* (1909) y las *Odas seculares* (1910) de Leopoldo Lugones, muy posiblemente a Martí, a Poe y a Whitman.

La actividad creadora y periodística de Lloréns está marcada, a partir de sus *Sonetos sinfónicos* (1914), por esas lecturas; en ellas encontró los ingredientes necesarios para un nuevo estilo y las nuevas perspectivas desde las cuales va a observar su mundo. Algunos de los críticos más penetrantes del modernismo literario, Pedro Henríquez Ureña, Max Henríquez Ureña, Angel Rama, Ricardo Gullón y Jean Franco, han estu-

---

[25] Cito por la edición de la Editorial Coquí, 1968, p. 13.

diado ya ese movimiento latinoamericano en toda su complejidad.[26] Para nuestros propósitos conviene recordar algunos aspectos característicos del clima intelectual y literario latinoamericano que cobran particular importancia en el caso de Lloréns Torres. Rodó en su *Ariel* le habló con voz seductora a las élites intelectuales sobre una pretendida superioridad espiritual latinoamericana frente al Calibán materialista norteamericano.[27] Esa oposición entre materialistas y espiritualistas —peligrosamente simplista— halló eco en toda una promoción de arielistas, que exaltaron la "raza latina"; Pedro Henríquez Ureña la llamó "prédica laica" de Rodó.[28] En el *Ariel*, aparte de esa dicotomía, Rodó concibió también a "nuestra América" como una entidad, al igual que Martí, y advirtió los peligros del imperialismo que ya en las Antillas estaba en pleno funcionamiento. Por eso, como dice Octavio Paz, con los modernistas aparece el anti-imperialismo, aunque sea un anti-imperialismo que ve los procesos como un choque de dos civilizaciones.[29]

---

[26] Pedro Henríquez Ureña, *Las corrientes literarias en la América Hispánica* (México, Fondo de Cultura Económica, 1949); Max Henríquez Ureña, *Breve historia del modernismo*, 2da ed. (México: Fondo de Cultura Económica, 1962); Angel Rama, *Rubén Darío y el modernismo* (Caracas: Universidad Central de Venezuela, 1970); Ricardo Gullón, *Direcciones del modernismo* (Madrid: Gredos, 1963), y Jean Franco, *La cultura moderna en América Latina*, trad. de Sergio Pitol (México, Joaquín Mortiz, 1971). Sobre el modernismo puertorriqueño y Luis Lloréns Torres pueden consultarse (además del libro de E. Laguerre citado en la n. 7) los siguientes: José E. González, *La poesía contemporánea de Puerto Rico* (San Juan: Instituto de Cultura Puertorriqueña, 1972), Cap. II, pp. 43-82; Luis Hernández Aquino, *Nuestra aventura literaria* (San Juan: Universidad de Puerto Rico, 1966), Cap. I, pp. 11-35, y F. Manrique Cabrera, *Historia de la literatura puertorriqueña* (New York: Las Américas, 1956), pp. 242-248.

[27] Sobre el arielismo se ha escrito mucho, y es todavía tema polémico. Véase, en la obra citada de Jean Franco, el Cap. 2, "La minoría selecta: arielismo y criollismo, 1900-1918", pp. 48-78. Un ejemplo de la vigencia actual de los símbolos que Rodó propone es el ensayo del escritor y crítico cubano, Roberto Fernández Retamar, *Calibán* (México: Diógenes, 1971), aunque el autor defiende a Calibán como símbolo de "nuestra América".

[28] En *Las corrientes...*, p. 182.

[29] Véase su excelente ensayo sobre Darío, "El caracol y la sirena", en *Cuadrivio*, 2da ed. (México: Joaquín Mortiz, 1969), pp. 46-49.

Darío: "La latina estirpe verá la gran alba futura"

Lloréns Torres es uno de los escritores cuya obra es inexplicable fuera de la nueva y moderna literatura que Rubén Darío hizo posible. Fue, como le dice el propio Lloréns en una carta que le envía a Darío en 1914, el "discípulo más adicto y firme".[30] Ritmos, rimas, imágenes, modos, toda una literatura que Lloréns aprovechó. Y, sobre todo, que su obra, como la de Darío, está bañada "por una gran ola sexual".[31] Darío es también, aunque no tanto como otros modernistas, poeta civil, un poco a la manera romántica. Es, con ciertas ambigüedades, poeta anti-imperialista: poeta americano, utópico, predicador de un futuro político latinoamericano fabuloso, apocalíptico. *La latina estirpe verá la gran alba futura*, ha dicho Darío en su canto profético al mundo latino, *Salutación del optimista*. Vale la pena citar algunos fragmentos de este himno de Darío, que es, creo, uno de los modelos que tiene Lloréns para su *Canción de las Antillas:*

Inclitas razas ubérrimas, sangre de Hispania fecunda
espíritus fraternos, luminosas almas, ¡salve!
Porque llega el momento en que habrán de cantar nuevos himnos
lenguas de gloria. Un vasto rumor llena los ámbitos;
mágicas ondas de vida van renaciendo de pronto;
retrocede el olvido, retrocede engañada la muerte,
se anuncia un reino nuevo, feliz sibila sueña,
y en la caja pandórica de que tantas desgracias surgieron
encontramos de súbito, talismánica, pura, riente,
cual pudiera decirla en sus versos Virgilio divino,
la divina reina de luz, ¡la celeste Esperanza!

---

[30] Es una de varias cartas que envió Lloréns a Darío, y que se encuentran en el Seminario-Archivo Rubén Darío de Madrid. Cito de la carta del 18 de marzo de 1914, publicada por F. Radamés Rosa-Franco en su libro *Proyección de Rubén Darío en la poesía de Lloréns Torres* (Madrid: Paraninfo, 1971), pp. 16-17. Es un estudio que dista mucho de ser definitivo; tiene interés, sobre todo, por las cartas en las que Lloréns le propone a Darío que colabore en la *Revista de las Antillas*, y le ruega que le envíe copia de un trabajo en el que Darío opina sobre la "Canción de las Antillas".

[31] Octavio Paz, "El caracol y la sirena", pp. 55 y ss. Pedro Salinas estudia la poesía erótica de Darío en su libro *La poesía de Rubén Darío* (Buenos Aires: Losada, 1948). Lloréns recogió casi toda su obra erótica en el libro *Voces de la campana mayor* (1935).

Y el siguiente pasaje:

Unanse, brillen, secúndense, tantos vigores dispersos;
formen todos un solo haz de energía ecuménica.
Sangre de Hispania fecunda, sólidas, ínclitas razas,
muestren los dones pretéritos que fueron antaño su triunfo.
Vuelva el antiguo entusiasmo, vuelva el espíritu ardiente
que regará lenguas de fuego en esa epifanía.
Juntas las testas ancianas ceñidas de líricos lauros
y las cabezas jóvenes que la alta Minerva decora,
así los manes heroicos de los primitivos abuelos,
de los egregios padres que abrieron el surco prístino,
sientan los soplos agrarios de primaverales retornos
y el rumor de espigas que inició la labor triptolémica.

Un continente y otro renovando las viejas prosapias,
en espíritu unidos, en espíritu y ansias y lengua,
ven llegar el momento en que habrán de cantar nuevos himnos...
La latina estirpe verá la gran alba futura:
en un trueno de música gloriosa, millones de labios
saludarán la espléndida luz que vendrá del Oriente,
Oriente augusto, en donde todo lo cambia y re-
nueva la eternidad de Dios, la actividad infinita.
Y así sea Esperanza la visión permanente en nosotros,
¡ínclitas razas ubérrimas, sangre de Hispania fecunda![32]

Igualmente seductora debe haber sido para Lloréns la voz de
Darío en un poema como la oda *A Roosevelt*, donde canta
también la grandeza y antigüedad de América, el pasado mítico
de la Atlántida:

Mas la América nuestra, que tenía poetas
desde los viejos tiempos de Netzahualcoyotl
que ha guardado las huellas de los pies del gran Baco
que el alfabeto pánico en un tiempo aprendió;
que consultó los astros, que conoció la Atlántida
cuyo nombre nos llega resonando en Platón...[33]

[32] Cito por la edición de *Poesías Completas*, ed. crítica de Alfonso Méndez
Plancarte, 10ma ed. (Madrid: Aguilar, 1967), pp. 631-632.
[33] *Ibid.*, p. 640.

La espiritualidad del Arte y el periodismo

Son muchas las lecciones que Lloréns recibe de Darío y los modernistas durante la primera década del siglo. Me referiré —para insistir en lo esencial— a dos: la "espiritualidad" del Arte y las posibilidades del periodismo. Los modernistas, Darío entre otros, condenan al "burgués materialista" al mismo tiempo que subrayan la función "espiritual" del arte frente a las empresas comerciales e industriales. Ese desdén por los "materialistas", es sabido, llegó a ser una resuelta actitud de hostilidad a la sociedad capitalista que se manifestó, en parte, en la suprema valoración del Arte. Es un fenómeno que no puede explicarse por razones exclusivamente estéticas.

Ya Pedro Henríquez Ureña atribuía esta nueva concepción del arte a los cambios socio-económicos ocurridos a finales del siglo XIX, lo que él llama la "prosperidad" que ha nacido "de la paz y de la aplicación de los principios del liberalismo económico", sobre todo en la Argentina y el Uruguay.[34] La "prosperidad" llevó, según Henríquez Ureña, a una división del trabajo que empieza a separar la vida literaria de la vida política: "La transformación social y la división del trabajo disolvieron el lazo tradicional entre nuestra vida pública y nuestra literatura".[35]

Angel Rama, en su estudio sobre Darío (apoyándose en los trabajos de Ernst Fischer y Walter Benjamin) llega a conclusiones parecidas, aunque mejor fundamentadas y expresadas con más precisión: "La religión del arte es la forma ideológica de la especialización provocada por la división del trabajo..."[36] Esa división del trabajo es, para Rama, efecto de la transformación socioeconómica de América, debida principalmente a la expansión imperial capitalista, cuya realización más completa se da, en las últimas décadas del XIX, en la zona del Plata. Se trata "del

---

[34] En el Cap. VII de su *Las corrientes...*, p. 165.
[35] *Ibid.*, p. 176.
[36] *Rubén Darío y el modernismo* (véase arriba, n. 26), p. 48. Rama añade: "Y el idealismo renaniano y el esteticismo, los únicos asideros autónomos que en primera instancia descubren los poetas como territorios propios que les permitan justificarse y redefinir su función social".

abandono de todas las funciones educativas e ideológicas que hasta el momento conllevaba la poesía...".[37] Estas observaciones, desde luego, no son incontrovertibles, pero sí resultan sugestivas y tienen el mérito de abrir caminos, plantear aspectos insoslayables del problema. Ayudan a ver con más claridad algunas de las aparentes contradicciones de los modernistas; por ejemplo, el frecuente desdén por la vulgaridad de la sociedad capitalista, al mismo tiempo que manifiestan la fascinación que sobre ellos ejercen muchos aspectos de la modernidad que son producto de esa misma sociedad. Son problemas que también plantea la obra de Lloréns.

Lloréns, como otros escritores puertorriqueños de su promoción, comparte ese culto aristocrático del Arte. Difícilmente podrá encontrarse en la literatura puertorriqueña anterior a Lloréns, otro escritor que con tal afán haya intentado cumplir su vocación de hombre de letras. Acuciado, sin embargo, por las circunstancias concretas en que se desarrolla su vocación literaria, Lloréns también se inclina muy pronto hacia una poesía civil, patriótica. Los mitos históricos y utópicos en su obra son buena muestra de ello. Ambas tendencias —esteticista y civil— conviven en sus *Sonetos sinfónicos* (1914) y en sus escritos en prosa de la misma época. Y es que no era posible una tajante división del trabajo en el mundo antillano de comienzos del siglo XX.[38] Lo estético, político y pedagógico serán funciones comunes y coexistentes. La obra periodística de Lloréns lo demostraría ampliamente.

No se ha hecho bastante hincapié en la importancia de su obra periodística, que es, a mi juicio, una de las lecciones

---

[37] *Ibid.*, p. 45.

[38] Rama señala en su estudio, siguiendo a P. Henríquez Ureña, la excepción de Martí en la división del trabajo que se produce a finales del XIX. Martí es poeta civil y ello "se debió a su peculiar enclave: su campo operacional, la colonia cubana todavía en la órbita del descalabrado y anacrónico imperio español, se corresponde con su concepción de la función del poeta, en quien ve el apóstol de una causa civil". (*Ibid.*, p. 46). Esa observación es válida, en términos generales, para el caso de la literatura puertorriqueña, aún a principios del siglo XX. Sobre Martí, véase también el penetrante estudio de Rama, "La dialéctica de la modernidad en José Martí", en *Estudios martianos* (San Juan: Universidad de Puerto Rico, 1974), pp. 129-197.

aprendidas de la nueva literatura modernista, y uno de los signos más evidentes de la aspiración a cumplir su vocación intelectual y literaria.[39] Con frecuencia la crítica ha visto negativamente la servidumbre y la rutina que impone el periodismo; pero el problema requiere atención más cuidadosa en el caso de los modernistas. El periodismo fue actividad casi permanente para Darío (como para Martí y Unamuno), y tan importante fue que, para Angel Rama, es la clave de la conversión de Darío al modernismo, y explica algunas de las "tendencias estilísticas de la nueva época".[40] Algo semejante podría afirmarse de la intensa labor periodística que llevó a cabo Lloréns, sobre todo en la *Revista de las Antillas* y en *Juan Bobo*, para limitarse sólo a los dos mejores ejemplos de la segunda década.

Subrayo aquí la importancia del periodismo de Lloréns porque revela su ingreso en la modernidad mejor representada por Darío tanto en la poesía como en la labor periodística, y por otras razones complementarias. En primer lugar, porque junto a su poesía declamatoria y declamada, fue desde las revistas, semanarios y diarios que Lloréns logró consolidar su posición de caudillo intelectual. Además, las revistas y las publicaciones periódicas que dirigió o en las que colaboró más asiduamente difundieron los nuevos valores literarios y culturales, así como las posiciones políticas de Lloréns y su promoción. Es importante también porque sus versos, recogidos en libros posteriormente, se fueron publicando en revistas y diarios, y porque frecuentemente su prosa guarda relaciones muy estrechas —temá-

---

[39] Apenas se ha estudiado su obra periodística. La edición de las *Obras Completas*, Tomo II (San Juan: Instituto de Cultura Puertorriqueña y Editorial Cordillera, 1969) es muy deficiente; como ocurre con el tomo de su poesía, no es ni "completa" ni crítica. El mejor estudio, hasta ahora, es de Daisy Caraballo-Abréu, *La prosa de Luis Lloréns Torres: estudio y antología* (Río Piedras: Editorial de la Universidad de Puerto Rico, 1986). Util para el estudio de la *Revista* es la tesis inédita de Hugo O. Rodríguez Vecchini, "Desglose de la *Revista de las Antillas*", Universidad de Puerto Rico, 1972. Lo mejor de dicho estudio son los índices que el autor ha preparado. Pero no se ha hecho aún un buen estudio sobre la historia, el contenido y la orientación estética e ideológica de la *Revista*.

[40] Remito al lector de nuevo al estudio de Angel Rama, sobre todo los caps. "Los modernistas en el mercado económico" y "La transformación chilena de Darío", pp. 49-103. La cita es de la p. 76.

ticas y estilísticas— con los versos. Esto ultimo es patente en lo relativo a sus mitos heroicos y utópicos, y en su exaltación del jíbaro. Por último, nada como su obra periodística revela, de forma más explícita, su sueño de vincularse —él y toda la élite intelectual que representa— al ámbito más amplio del mundo antillano y latinoamericano.

Santos Chocano: el nacionalismo literario

Conviene detenerse ahora, por la extraordinaria importancia que tuvo en la obra de Lloréns y en la configuración de su visión utópica e histórica, en la figura de José Santos Chocano. Chocano era conocido ya por su poesía de afirmación americana *Alma América* (1906) cuando llegó a Puerto Rico en 1913, año significativo para la obra de Lloréns. Permaneció en Puerto Rico durante tres meses; dictó conferencias, ofreció recitales de su poesía, pronunció vibrantes discursos. Escribió, además, un libro sobre la isla titulado *Puerto Rico lírico* (1914), publicado por Lloréns en la Editorial Antillana que se inició como parte de la ambiciosa *Revista de las Antillas*, con prólogo del propio Lloréns. La visita de Santos Chocano, el "cóndor colosal del Ande" fue un verdadero acontecimiento para los profesionales, literatos y políticos que constituían la élite intelectual de ese momento. El *Puerto Rico Ilustrado* le dedicó un número especial en el que colaboraron casi todos los escritores prominentes, y habló en la Universidad, el Ateneo, el Teatro Municipal, en Ponce y en Guayama, acompañado y homenajeado siempre por las figuras más destacadas. Incluso hay testimonio de la admiración que por él sentían los políticos más conocidos del Partido Unión: José de Diego y Luis Muñoz Rivera.[41]

[41] Puede consultarse el *Puerto Rico Ilustrado*, 25 de octubre de 1913; tiene colaboraciones de José de Diego, Evaristo Ribera Chevremont, José de J. Esteves y otros en homenaje a Chocano, y varias fotografías de su llegada a P.R. La edición del libro de Chocano, *Puerto Rico lírico* que publicó la Academia de Artes y Ciencias de Puerto Rico (San Juan, 1967) recoge escritos relativos a su estadía en P.R. La revista *La Independencia*, editada por la Asociación Cívica Puertorriqueña, publicó los discursos de despedida que en homenaje a Chocano pronunciaron Díaz Navarro, J. de Diego y otros, en el núm. del 1 de enero de 1914.

El prólogo que Lloréns escribe para *Puerto Rico lírico* se titula *El poeta de América* y es muy importante para comprender la visión que del poeta y la poesía americana tenía entonces Lloréns. Comienza destacando la unidad de América, la posibilidad de que en América —a diferencia de Europa— surja un poeta que encarne la totalidad: "Descontando el remiendo de los Yanquis, nuestra América es una: por su idioma uno, por su espíritu uno; y hasta por su raza una, pues la raza dominante y la dominada son las mismas en todas nuestras repúblicas".[42] Elogia el tipo representativo, Pancho Ibero, creado por Rosendo Matienzo Cintrón (volveremos sobre ello más adelante) y pasa entonces al elogio de Chocano. Elogia en Santos Chocano su espiritualidad, el sentir americano, su voluntad de cantar las glorias del pasado y la firmeza del porvenir:

> *He aquí un poeta que es a la vez excepcional y representativo. Su arte, ante todo, es suyo excepcionalmente, siendo la expresión de una espiritualidad que vibra fuera de todo plano vulgar; y además encarna el sentir y la mente de América. El canta las glorias de nuestro pasado, la inquietud de nuestro presente, la firmeza de nuestro porvenir. No es lira de tal, o cual región. La suya es la inmensa lira de un mundo que templa desde los Andes al Océano las cuerdas de cristal de sus sonoros ríos...*

En el prólogo, Lloréns se vuelca en alabanzas de la poesía y la persona de Chocano. Manifiesta su entusiasmo por las ideas que sobre la poesía y el poeta expresa el "cantor de las glorias y grandezas de América", y parece suscribir su programa literario y político. Chocano propone la fusión del poeta con la historia y la naturaleza, con la raza y la tierra, y —a la manera romántica— insiste en la nacionalización de la poesía, frente al peligro del "exotismo". Chocano se expresa a un nivel muy elemental y estereotipado; se trata más de oratoria que de crítica. Chocano tenía, dice Anderson Imbert, "la egolatría de un cau-

---

[42] El libro se publica en 1914. Aquí, y en los párrafos que siguen, cito por la edición de la Academia de Artes y Ciencias (1967), pp. 9-14.

dillo y un verbo torrencial".[43] No obstante, es insoslayable recordar lo que dijo, ya que Lloréns celebra sus palabras, que resumen la visión y la función de la literatura que encontró decidido apoyo entre las principales figuras puertorriqueñas de la segunda década del siglo XX. Dice Chocano:

> *Mi arte está hecho de Historia y de Naturaleza. La Historia y la Naturaleza tonifican la personalidad de los pueblos. La Raza y la Tierra son el fundamento, asimismo, de la verdadera Poesía, cuando hay en ella sinceridad: Homero es todo griego; Virgilio, todo latino; Dante, todo italiano; Cervantes, todo español; Víctor Hugo, todo francés. El exotismo en el Arte suele corresponder al desgastamiento en la vida de los pueblos.*

A esa idea nacionalista de la literatura y del arte, tan discutible, se sintieron especialmente atraídos los colaboradores de la *Revista de las Antillas*. No está exenta de contradicciones, como ocurre con el propio Rubén Darío: siempre se puede advertir una tensión entre la función nacional del arte y la autonomía y libertad del escritor en las polémicas y en la práctica de la nueva literatura americana. Pero la peculiar situación histórica y social de la élite patriótica puertorriqueña que invitó y alabó a Chocano explica que reciban con tal entusiasmo su mensaje nacionalista y panamericano.

Chocano, por otra parte, halaga a sus anfitriones puertorriqueños. Si el nuevo imperio norteamericano justificó su existencia sobre la presunta inferioridad e ignorancia del pueblo conquistado —que habría de ser "civilizado" poco a poco— Chocano afirma la cultura y la nobleza de la Raza. Pronuncia palabras llenas de optimismo y afirmación: "Ningún otro país de las Américas se jactaría de ser más cultamente apto para poder gozar del orden dentro de la libertad". Y, con la debida cautela, elogia la vitalidad de la Raza que en Puerto Rico ha podido, dice, resistir quince años de dominio norteamericano; afirmaciones esperanzadoras, seguramente aplaudidas por

---

[43] En la *Historia de la literatura hispanoamericana*, 2da ed. (México: Fondo de Cultura Económica, 1957), p. 283.

hombres como José de Diego y Lloréns, que representaban entonces —o querían representar— "las cabezas jóvenes que la alta Minerva decora", según el verso de Darío. A esa élite le correspondía garantizar la existencia de la "ínclita raza" que disfrutará de "la gran alba futura". Para ello era tarea urgente salvaguardar el "espíritu nacional" del peligro de quedar absorbidos por los norteamericanos. Lloréns cita a Chocano:

> *Puerto Rico es el signo revelador de la vitalidad de nuestra Raza, que ni aún en el supuesto de que se aviniese a ello, podría ser anulada ni absorbida por ninguna otra. Un millón doscientas mil almas que, hace quince años, fueron legadas a los dominios de Estados Unidos del Norte de América, han permanecido vigorosamente distintas de sus dominadores; aún reconocida la potencialidad de éstos, que, en las reservas de sus criterios, tendrán que conformarse con ser, pese a Washington y a Franklin y a Cleveland, dueños ocasionales del territorio de Puerto Rico, pero no de su espíritu nacional...*

Rosendo Matiendo Cintrón: conciencia hispanoamericana

Es preciso aclarar que Chocano no es el único promotor de la nueva espiritualidad, de la concepción nacionalista de la literatura o del panamericanismo; fue, no cabe duda, uno de los más caracterizados americanistas y posiblemente el "caudillo" de dicha orientación. Lloréns quedará vivamente impresionado por Chocano, sobre todo porque en su obra corrobora y confirma posturas que ya estimaba y compartía con otros.[44] Basta destacar su larga y consecuente admiración por los valores políticos e intelectuales de Rosendo Matienzo Cintrón en el ámbito insular.[45] Precisamente en el prólogo a *Puerto Rico lírico*, Lloréns hace un efusivo elogio de Matienzo Cintrón por

---

[44] Véase por ejemplo, el artículo "Pan-americanos y también ibero-americanos" que publicó Lloréns en *La Independencia*, 28 de febrero de 1913, pp. 29-31.

[45] Sobre las relaciones y la amistad entre Lloréns y Matienzo Cintrón hay información en la obra de Luis M. Díaz Soler, *Rosendo Matienzo Cintrón*, 2 tomos (México: Instituto de Literatura Puertorriqueña, 1960), sobre todo en el

su creación de Pancho Ibero, símbolo de la unidad de los pueblos de América, expresión de la defensa de "la raza". Hay una peculiar manera de ser cubano o argentino, dice Lloréns, pero al mismo tiempo existe una comunidad hispanoamericana, como habían predicado Rodó y Darío, representada por Matienzo Cintrón en su *Pancho Ibero:*

> ...El genio de Matienzo Cintrón, uno de nuestros más grandes pensadores, en su infatigable campaña de fraternidad hispanoamericana, fecundó tan patriótica concepción. Matienzo comprendía que era más factible su ideal de amor entre los varios pueblos de América, atándoles con un lazo de unión. Tratándose de naciones independientes, no podía darles un himno común ni una bandera común a todos. Y creó y les dio el símbolo de Pancho Ibero. Cuando los poetas de América canten a Pancho Ibero, cuando los psicólogos lo descubran y cuando los pintores lo pinten, entonces América verá su tipo, el tipo de nuestra raza, y habrá entonces un visible y palpable lazo de amor que todos nos ceñiremos con orgullo.

Lloréns dedicará buena parte de su obra a darle forma literaria a esa conciencia nacional e hispanoamericana, contando el pasado fabuloso de "la latina estirpe", exaltando "los cachorros del león ibérico", glorificando a los héroes del Grito de Lares, y elevando el mundo campesino a mito representativo de la perfecta armonía del Hombre y la Tierra, haciéndose eco de la "epifanía" que cantó Darío.

La Canción de las Antillas:
la isla afortunada, la Antilia fabulosa

Pero veamos ahora algunos de los textos de Lloréns, con el propósito de ilustrar lo que he expuesto. Examinaré la *Canción de las Antillas, El Grito de Lares* y algunas de sus décimas.

Tomo I. La vida política de Lloréns estuvo muy vinculada a la de Matienzo en Ponce y en los años que Lloréns estuvo en la Cámara de Delegados (1908-1910). No hay todavía una buena biografía de Lloréns, y apenas se ha estudiado su labor política durante las primeras décadas. La biografía de Carmen Marrero (que aparece en el tomo I de las *Obras Completas*) es muy esquemática y sentimental; tiende más a la alabanza que a la explicación.

Durante mucho tiempo la opinión más extendida consagró la *Canción de las Antillas* (1913), "sinfonía de timbres diversos, cuya orquestación conquista y arrebata".[46] Ha sido repetida en antologías y revistas, y es, para nuestro propósito, un excelente ejemplo. Por su concepción rítmico-métrica, así como por su dimensión americanista de canto a la "fuerte raza iberoamericana" refleja la huella de la literatura modernista. Expresa la visión que del pasado tiene Lloréns, y también sus sueños utópicos y grandiosos para el mundo antillano. Es, además, buen ejemplo de la poesía declamatoria, exhortatoria, de "ancho y viril aliento" que tanto celebraron sus contemporáneos. El tono es de himno; es una larga acumulación de elogios, encabezados por el *somos* de las estancias, a manera de coro de voces antillanas: *somos islas, somos viejas, somos muchas, somos ricas, somos indias, somos grandes.* Citemos algunas estancias:

> *¡Somos islas! Islas verdes. Esmeraldas*
> *en el pecho azul del mar.*
> *Verdes islas. Archipiélago de frondas*
> *en el mar que nos arrulla con sus ondas*
> *y nos lame en las raíces del palmar.*
>
> *¡Somos viejas! O fragmentos de la Atlante*
> *de Platón,*
> *o las crestas de madrépora gigante,*
> *o tal vez las hijas somos de un ciclón.*
> *¡Viejas, viejas!, presenciamos la epopeya resonante*
> *de Colón.*
>
> *¡Somos muchas! Muchas, como las estrellas,*
> *Bajo el cielo de luceros tachonado,*
> *es el mar azul tranquilo*
> *otro cielo por nosotras constelado.*
> *Nuestras aves, en las altas aviaciones de sus vuelos,*
> *ven estrellas en los mares y en los cielos.*

....

---

[46] Así la caracteriza Sócrates Nolasco en *Escritores de Puerto Rico...*, p. 223. Véase n. 5.

¡Somos indias! Indias bravas, libres, rudas,
y desnudas,
y trigueñas por el sol ecuatorial.
Indias del indio bohío,
del pomarrosal sombrío
de las orillas del río
de la selva tropical.
Los Agüeybanas y Hatueyes,
los caciques, nuestros reyes,
no ciñeron más corona
que las plumas de la garza auricolor.
Y la dulce nuestra reina Anacaona,
la poetisa de la voz de ruiseñor,
la del césped por alfombra soberana
y por palio el palio inmenso de los cielos de tisú,
no tuvo más señorío
que una hamaca bajo el ala de un bohío
y un bohío bajo el ala de un bambú.

. . . .

¡Somos grandes! En la historia y en la raza.
En la tenue luz aquélla que al temblar sobre las olas
dijo "¡tierra!" en las naos españolas.
Y más grandes, porque aquí
se conocieron
los dos mundos, y los Andes
aplaudieron
la oración de Guanahaní.
Y aún más grandes, porque fueron
nuestros bosques los que oyeron,
conmovidos,
en el mundo de Colón,
los primeros y los últimos rugidos
del ibérico León.[47]

Lloréns construyó en la *Canción* un himno sonoro y deslumbrante que cantaba las proezas del pasado, las grandezas de la Raza y la certidumbre del Porvenir. Si el imperialismo justificó su dominio, en parte, en la supuesta "juventud" y minoría

---

[47] Cito por la edición de las *Obras Completas*, tomo I, pp. 279-284. Es significativo que la *Canción*, compuesta según el propio Lloréns en 1913, es el poema inicial del libro *Alturas de América* que se publica en 1940.

de edad de los pueblos antillanos, Lloréns exalta aquí el pasado más remoto y legendario que cabe imaginar: *¡Somos grandes! En la historia y en la raza.*

Emilio S. Belaval decía —como vimos en la primera parte— que el método de Lloréns "para enfrentarse al coloniaje político era descubrirle al puertorriqueño las raíces magníficas de su época". Si no todos los puertorriqueños estaban hambrientos de esas "palabras bellas" y "raíces magníficas", ciertamente la élite política y literaria, amenazada por la expansión imperial, celebró esos himnos afirmativos de Lloréns, como celebraron ese mismo año a Chocano. La *Canción* les propone una patria mucho más ancha, en el tiempo y en el espacio, y una historia portentosa: desde las profecías antiguas, el idílico mundo pre-colombino en América, la hazaña del linaje hispano y el futuro de la Hispania. Podría decir Lloréns lo que Darío en su "Momotombó": *y mi alma florida soñaba historia rara,* al mismo tiempo que se unía a su exhortación a las *ínclitas razas ubérrimas* y a la esperanza de un futuro mesiánico para los pueblos latinos. La encendida estancia final de la *Canción* reitera la visión de la isla afortunada, privilegiada, la Antilia fabulosa del pasado y anuncia el reino de la felicidad y el progreso del porvenir:

¡Somos las Antillas! Hijas de la Antilia fabulosa.
Las Hespérides amadas por los dioses.
Las Hespérides soñadas por los héroes.
las Hespérides cantadas por los bardos.
Las amadas y soñadas y cantadas
por los dioses y los héroes y los bardos
de la Roma precristiana y la Grecia mitológica.
Cuando vuelvan las hispánicas legiones
a volar sobre la tierra como águilas;
cuando América sea América, que asombre
con sus urbes y repúblicas;
cuando Hispania sea Hispania, la primera
por la ciencia, por el arte y por la industria;
cuando medio mundo sea
de la fuerte raza iberoamericana,
las Hespérides seremos las Antillas,
¡cumbre y centro de la lengua y de la raza!

Los héroes de Lares: una historia programática

Lloréns Torres quiere fundar su conciencia de nacionalidad en la historia, una historia programática y liberadora. La élite intelectual y política a la cual pertenece, y que en buena medida, por lo menos en su dimensión cultural, dirige, no quiere operar en el vacío. Pero ese pasado tiene que ser un pasado ilustre y legendario, mítico casi, antiguo, como hemos visto en la *Canción de las Antillas,* o heroico, como puede comprobarse en su interés por el Grito de Lares (1868) y los revolucionarios cubanos.

Conviene recordar ahora que el joven Lloréns en 1898 creía que los puntos más oscuros de la historia de Puerto Rico eran el descubrimiento de la isla y su nombre indígena, como dice al final de su obra *América.* Pero, después de 1898 y la invasión norteamericana, cambia su orientación y vuelve a la historia antigua o al pasado más reciente en busca de héroes nacionales que comprueben la existencia de una nación y sirvan de modelo a ese Puerto Rico "invertebrado", para usar la célebre expresión que Ortega y Gasset aplicó a España. Lloréns no abandona sus tesis sobre el descubrimiento y la conquista, pero su interés por la historia va adquiriendo un sentido muy distinto; ya no es la historia "regional" de que habla en *América,* sino una historia heroica y nacional como puede fácilmente comprobarse en su obra *El Grito de Lares.* En 1914 se estrena en San Juan; él mismo la llama "drama histórico-poético". Lloréns ha explicado la génesis de la obra en un artículo de 1937. En tertulia con Luis Muñoz Rivera, Nemesio Canales y Rosendo Matienzo Cintrón se lamentaban de la ignorancia general sobre aquella rebelión de 1868 contra el régimen español. Muñoz Rivera lo exhorta a escribir un poema épico; Lloréns se documenta; lee el libro de Pérez Moris y visita el pueblo de Lares.

> *Cuando yo me decidí a escribir mi drama histórico-político* El Grito de Lares, *los intelectuales y el pueblo de esta isla no sabían nada de aquella rebelión ni de los hombres que la realizaron. El propósito de escribir el drama surgió una noche, en la Plaza Baldorioty de San Juan, estando allí en tertulia Muñoz Rivera, Canales, Matienzo Cintrón y yo. Los*

cuatro nos lamentábamos de lo muy poco que sabíamos sobre aquel gesto patriótico. Al instante, Muñoz Rivera me exhortó a describirlo y a cantarlo en un poema épico. —Escribiré un drama en prosa y verso— le dije. E inmediatamente añadió él: —Yo escribiré el prólogo poniendo a hablar en escena al héroe principal. Ni él ni yo, en aquel momento, sabíamos quién iba a ser el héroe principal, ni teníamos de lo que hablábamos más que vagas y remotas nociones.

Dos o tres días después, conseguí el apasionado libro de Pérez Moris, Historia de la Revolución de Lares *y algunas otras fuentes históricas, ninguna de mucho valor. Me vi con Muñoz y le indiqué la necesidad de ir a pasarnos un día a Lares, a fin de hablar allí con varias personas que aún vivían y que ya sabíamos que habían tomado parte en la rebelión. Fuimos a Lares y nos comunicamos con dichas personas, hombres ya viejos, de prestigio, honorables, de cuya veracidad no se podía dudar. De ese modo reunimos los datos históricos para el drama...*[48]

Con esos materiales, apoyado muy ligeramente en la historia, y con una buena dosis de fantasía e invención, Lloréns se dedica a canonizar los héroes de Lares, a "nacionalizar", por así decirlo, la historia. Aunque aquellos revolucionarios fracasaron, su herencia será transmitida. En boca del protagonista heroico, Manolo el Leñero, se pone la interpretación patriótica de la rebelión:

> *Yo amo esta tierra bendita*
> *donde vi la luz primera*
> *y en donde arrulló mi madre*
> *los sueños de mi inocencia.*
> *Amo sus ríos, sus montañas*
> *su cielo, sus noches bellas...*
> *Todo lo que en ella vibra*
> *poniendo un latido en ella.*
> *Cada cerro me parece*
> *un altar que a Dios se eleva,*
> *y cada río un Jordán*
> *hecho de llanto y estrellas...*[49]

---

[48] "La rebelión de Lares"; puede verse en *Obras Completas,* tomo III, pp. 380-383.

[49] Cito por la ed. de *Obras Completas,* tomo II; el discurso de Manolo está en las pp. 266-268.

En ese mismo discurso se va subrayando el patriotismo, el amor
a la tierra, los sueños de libertad que en la obra de Lloréns se
presentan como aspiraciones unánimes de todos los puertorriqueños. El Grito de Lares, en palabras de Manolo el Leñero,
aspiraba a la libertad y a la consolidación nacional; en la obra
Lloréns tiende a considerar los revolucionarios como representantes de la totalidad social: son los "padres de la patria".
Veamos otro pasaje del discurso de Manolo el Leñero:

> Yo siento ese amor sagrado
> desbordarse de mis venas;
> yo sueño ver a mi pueblo
> libre de extrañas cadenas;
> y ansío, en todas las cumbres,
> tremolar esta bandera.
> Bordada por manos puras
> de mujer puertorriqueña,
> esta bandera es el ansia
> de redención de esta tierra.
> La libertad del esclavo,
> del colono la protesta,
> el anhelo del patriota
> y el sueño de independencia
> de este pueblo, todo eso
> simboliza esta bandera.
> Me acerqué a los campesinos,
> hablándoles en su jerga.
> Fui de bohío en bohío,
> por toda la cordillera,
> despertando el patriotismo
> de esa gente noble y buena.
> Ellos me abrieron sus pechos
> y me contaron sus penas:
> su humillante servidumbre
> y sus profundas tristezas.
> Todos, todos me juraron
> dar la vida, si ello fuera
> preciso para legarle
> a su patria esta bandera.

Lloréns no tiene, como es obvio, un propósito exclusiva o
primordialmente literario con esta obra. Más bien se trata de
una lección moral y política que propone a sus contemporá-

neos.[50] Hay en la obra más gesto e intención didáctica que reflexión histórica. No le interesa tanto el análisis de una compleja situación histórica, sino levantar un friso de héroes que deben ser emulados y cuyo recuerdo puede estimular acciones igualmente heroicas, causar asombro y maravilla. Ello se observa claramente al final de la obra, una vez fracasada la rebelión, en la copla que se escucha: *El grito de Lares / se va a repetir, / y todos sabremos / vencer o morir.* Y también en el diálogo que al final sostienen los personajes, don Cheo y don Aurelio, que parecen expresar las preocupaciones y los anhelos patrióticos de Lloréns.

Esta obra de Lloréns, como la épica, aspira a ser la memoria histórica y heroica de los pueblos, la fundación de la nacionalidad. Es, para Lloréns, tarea urgente, dada la ignorancia del pueblo, la falta de patriotas, historiadores y poetas que canten aquellas hazañas. Es muy posible que el diálogo de estos dos personajes exprese con bastante fidelidad las preocupaciones de la clase de hacendados puertorriqueños que, amenazados y desbordados por las circunstancias históricas, el desarrollo del capitalismo en el marco del imperio norteamericano, la incertidumbre de su propia posición, tratan de "hacer una patria":

> Don Cheo: *Todo eso significa que no tenemos patria. La isla, pequeña; el campesino, ignorante. Patriota, pero ignorante. Más aún, inocente. Y los hombres de arriba, los ilustres, los directores, serán siempre lo que hoy: un grupo de gritadores, de vociferantes, pero no de patriotas. Se agarrarán de cualquier cosa, de tal o cual reforma, de cualquier ideal de segundo orden, para fingir que hacen algo. Pero, lo esencial, lo fundamental, tratar de hacer una patria, lo que intentaron hacer estos de Lares, eso... no lo harán nunca. Triste es y desconsolador; pero es la verdad. ¡No hay redención! ¡No la habrá nunca! ¡Nunca!*

---

[50] Así lo entendió Mariano Abril en su comentario al estreno de la obra en el diario *La Democracia* del 14 de noviembre de 1914: "La exaltación del patriotismo parece ser el objetivo de esta obra. Y en verdad que el autor consigue comunicar al público ese amor a la patria y a la libertad que vibra y palpita en toda la obra. Y habrá siempre que agradecer a Lloréns que haya desenterrado del olvido aquella página histórica...".

Don Aurelio: *No hay redención. Esa es la frase. Ya ve usted, Manolo el Leñero: aquel muchacho que tremoló por primera vez una bandera en nuestra tierra y con el brazo ensangrentado la seguía tremolando y dando vivas a la libertad, ¿quién se acuerda ya de aquel héroe? Acaso algún coplista del pueblo. ¿Y no es triste que un hombre lo dé todo a su pueblo, y que su pueblo ni siquiera se entere, porque no hay patriotas que le levanten una estatua, ni historiadores que divulguen su hazaña, ni poetas que canten su heroísmo? ¿Dónde está, que no la encuentro, ésta que llaman patria puertorriqueña?*[51]

Los anhelos nacionales y patrióticos de Lloréns adquieren, por lo menos en su obra escrita, la fuerza inmutable de una fe, de una creencia. La glorificación de los héroes de Lares —independientemente de la exactitud de los hechos e incidentes que presenta en su obra— supone una previa "edad de los héroes", tan común en la poesía épica, que exige también, por la simetría usual, un extremo opuesto de cobardía. En efecto, cuando Lloréns vuelve al tema en sus versos y en su prosa, acentúa la inferioridad moral del pueblo que no se siente atraído por la rebeldía. En el pasaje anterior se habla de un campesino "patriota, pero ignorante" que la élite intelectual y literaria, poseedora del saber "histórico", va a educar y orientar. El soneto *Manolo el Leñero* es un homenaje al héroe y, al mismo tiempo, una acusación al "pueblo incapaz de comprender el heroísmo":

Fuiste, en el gesto redentor, tan fuerte,
que al caer, con la mano mutilada,
aun alzaste la enseña ensangrentada,
dando aquel grito: ¡Independencia o muerte!

No sé si la desgracia o si la suerte
abrió tu fosa en la primera jornada.
¿No oyes la envilecida carcajada
de tu pueblo, incapaz de comprenderte?

Tu pecho todo se volvió una rosa
al derramar tu sangre generosa
por el pueblo infeliz que en torpe yerro

---

[51] *Obras Completas*, tomo II, p. 331.

> *No siente el deshonor de ser esclavo,*
> *y sus cadenas lame, como un perro,*
> *y, como un perro, remenea el rabo.*[52]

Igual interés tiene en proponer a Mariana Bracetti, otra de las figuras de Lares, como antídoto contra la sumisión de la juventud o de la intelectualidad. En varias ocasiones publica, con leves variantes, una semblanza de la heroína que resulta muy reveladora e ilustradora de la forma en que Lloréns usa lo histórico, es decir su visión ética y estética. Hay en el pasaje, en palabras explícitas del autor, la intención de ofrecer un paradigma, un "bravo modelo de virilidad", y puede advertirse, a mi juicio, una cierta nostalgia por un mundo bello y heroico simbolizado por la propia Mariana:

> *Brazo de Oro, la muy bella y magnánima doña Mariana Bracetti, flor aristocrática del solar puertorriqueño, que en plena belleza y juventud erró a caballo por las serranías de Lares, exponiendo al sol y a la lluvia sus mejillas de rosa, sus manos de marfil y sus brazos de oro, en sueños de patria y libertad; esta gran hembra puertorriqueña, que fue perseguida y encarcelada por sus patrióticas rebeldías, que parió en la cárcel; que no sabía de* One Step, *pero pudo bordar las banderas revolucionarias; esta nuestra heroína, que muchos años después de su prisión tuvo que comparecer como testigo ante un tribunal de la colonia y al preguntarle los jueces: ¿ha sido usted condenada alguna vez?, contestó que "sí, señores, he tenido la gloria de ser condenada por defender la libertad de mi patria"; esta muy bella y magnánima doña Mariana Bracetti es el bravo modelo de virilidad que aquí ponemos ante los ojos atontados de nuestra sumisa juventud.*[53]

---

[52] *Obras Completas,* tomo I, p. 389.
[53] *Obras Completas,* tomo III, p. 389. Muchas de las semblanzas heroicas aparecieron en el semanario *Juan Bobo,* en la sección titulada "Lienzos del Solar" que ocupaba lugar prominente, casi siempre firmados por *Luis de Puertorrico.* No todos son héroes de Lares; Lloréns exalta también el heroísmo indígena; p. ej. el dedicado a las "Indias bravas" en el núm. 27, 1 de julio de 1916, p. 3. Nemesio Canales escribió también algunos de los "lienzos" que aparecían en *Juan Bobo.* Véase, p. ej., su semblanza de Ruiz Belvis en el número del 5 de febrero de 1916, p. 3.

Las décimas: reminiscencias edénicas,
olor a felicidad. '*Seamos netamente jíbaros"*

Contemporáneas de su canto a la Hispania y a la exaltación del heroísmo patriótico de Lares son algunas de las décimas criollas que tanta fama y éxito le aseguraron. La décima fue en Puerto Rico la forma de poesía tradicional, oral, del campesinado; Lloréns conocía esa tradición, muy viva todavía durante su niñez e infancia en la hacienda cafetalera de Collores y en los años en que llega a su madurez como escritor. Margot Arce ha estudiado la variedad de su decimario y se pregunta por qué escogió la décima; ofrece razones ideológicas, psicológicas y estéticas.[54] Entre otras razones debe ponerse de relieve, me parece, la tradición romántica que idealiza el mundo campesino, sus costumbres y formas culturales como antídoto contra los valores de la sociedad capitalista. Lloréns —y otros escritores puertorriqueños— sigue esa tradición; verá el campesino como la encarnación del "alma colectiva" y la reserva espiritual y moral de la sociedad. Nos propone la visión idílica de un mundo afortunado, y consagra sus formas literarias.

En su visión del mundo campesino hay, como era de suponer, una tendencia ahistórica, llena de reminiscencias arcádicas y edénicas que poco tienen que ver con la realidad histórica. No hay que buscar en el decimario de Lloréns, digamos, los cambios y las transformaciones reales que sufre el campesinado puertorriqueño en las primeras décadas del siglo, la acelerada proletarización o la migración. El mundo del jíbaro es para Lloréns el mundo perdido de la infancia y la juventud, la felicidad de una inocencia primera, añorada sentimentalmente, su personalísima edad dorada alejada de las pasiones del poder,

---

[54] "Las décimas..." (Véase la n. 3). Para estudiar la ideologización y la idealización del mundo campesino, concretamente el cafetalero, hoy es indispensable tener en cuenta los excelentes trabajos del historiador Fernando Picó, sobre todo *Libertad y servidumbre en el Puerto Rico del siglo XIX: los jornaleros utuadeños en vísperas del auge del café.* (Río Piedras: Ediciones Huracán, 1979); y su *Historia general de Puerto Rico* (Río Piedras: Ediciones Huracán, 1986).

la riqueza y la gloria. Lo hace surgir en las melancólicas décimas de su "Valle de Collores":

> *Ay, la gloria es sueño vano.*
> *Y el placer, tan solo viento.*
> *Y la riqueza, tormento.*
> *Y el poder, hosco gusano.*
> *Ay, si estuviera en mis manos*
> *borrar mis triunfos mayores,*
> *y a mi bohío de Collores*
> *volver en la jaca baya*
> *por el sendero entre mayas*
> *arropás de cundiamores.*[55]

O aparece como incontaminado paraíso terrestre, lugar de belleza natural y de libre unión amorosa, como en las décimas de "La hija del viejo Pancho": *todo tiene un hondo y ancho/ olor a felicidad; / y ese olor quien me lo da / es la hija del viejo Pancho.* Igual "olor a felicidad" comunica la "Vida Criolla":

> *Ay, qué lindo es mi bohío*
> *y qué alegre mi palmar*
> *y qué fresco el platanar*
> *de la orillita del río.*
> *Qué sabroso tener frío*
> *y un buen cigarro encender.*
> *Qué dicha no conocer*
> *de letras ni astronomía.*
> *Y qué buena hembra la mía*
> *cuando se deja querer.*[56]

---

[55] Hasta donde he podido ver, se publica por primera vez en *Juan Bobo*, 17 de junio de 1916, p. 7. "La hija del viejo Pancho" se publica también en *Juan Bobo*, 1 de enero de 1916, p. 5, con la nota "décimas para cante jíbaro". Como he dicho antes, no se ha establecido todavía la cronología de la poesía de Lloréns, y su decimario no es excepción. Quiero llamar atención al hecho de que estas décimas que se publican en *Juan Bobo* son contemporáneas de la *Canción* (1913) y del *Grito de Lares* (1914), así como de sus "Lienzos del solar". Es decir, que Lloréns cultiva, a la vez, modos literarios muy diversos —modernistas y tradicionales, prosa y verso— con propósitos muy parecidos.

[56] *Obras Completas*, tomo I, p. 266.

Por otra parte, el jíbaro aparece como bastión de la resistencia cultural y política frente al poder colonial y frente a los "pitiyanquis" que adoptan los modos y maneras de los dominadores, como en la décima que escribió en tiempos del Presidente Wilson:

> *Llegó un jíbaro a San Juan*
> *y unos cuantos pitiyankis*
> *lo atajaron en el Parque*
> *queriéndolo conquistar.*
> *Le hablaron del Tío Sam,*
> *de Wilson, de Mr. Rut,*
> *de Nueva York, de Sandyhuk,*
> *de la libertad, del voto,*
> *del dólar, del habeas corpus...*
> *y el jíbaro dijo: Njú!...*[57]

En esas y otras décimas, al igual que en otros de sus poemas y prosas, el jíbaro viene a ser símbolo de la nacionalidad y de la unidad de la sociedad. Cuando muere Muñoz Rivera, figura política del Partido Unión a quien se sentirá muy ligado Lloréns, escribe lo siguiente, evocando al "jíbaro de Barranquitas", es decir, a Muñoz Rivera: "Sea cada uno lo que sea: el obrero, obrero; el comerciante, comerciante; el agricultor, agricultor; el periodista, periodista; el poeta, poeta. Pero todos seamos, ante todo, netamente puertorriqueños, netamente jíbaros. Es decir: seamos todos de nuestra patria".[58] Lo jíbaro adquiere un valor cultural y político, y de ahí la importancia que le atribuye a la décima: "¡La copla jíbara! La canta el alma

---

[57] *Obras Completas*, tomo III, p. 514.

[58] En *Juan Bobo*, 2 de diciembre de 1916, p. 3. Esa identificación de lo jíbaro y lo puertorriqueño tiene una larga historia, desde la literatura costumbrista del siglo XIX. No tengo espacio para entrar en ello ahora. Sí conviene recordar la figura de Virgilio Dávila (1869-1943), instalado, como Lloréns, en la tradición criollista. Prueba de que ya en 1917 se estimaba a Lloréns como poeta "jíbaro" es el testimonio del entonces joven poeta, Luis Muñoz Marín: Virgilio Dávila y Lloréns, dice, "son dos plumas netamente puertorriqueñas, netamente jíbaras" y en su obra todo huele "a café tostado", a "campo criollo, a montañas criollas". "La guarida de las plumas", *Juan Bobo*, 13 de enero de 1917, p. 14.

ancestral del pueblo. Mana de la pura fuente de la espiritualidad puertorriqueña".[59]

Moldes costumbristas, estética modernista y populismo

Esas urgencias nacionales, tal y como las entiende Lloréns, explican por qué en su obra conviven la nueva estética modernista y la poesía tradicional. Claro está que en sus manos muchas veces le ocurre a la décima lo que a la poesía gauchesca, según la acertada observación de Borges: "es un género literario tan artificial como cualquier otro" y frecuentemente muy distante de la poesía popular.[60] Independientemente de esas inevitables transformaciones de la tradición, lo que quiero destacar es que tanto los moldes tradicionales y costumbristas como la nueva literatura le proporcionan a Lloréns instrumentos que él pondrá al servicio de sus sueños liberadores nacionalistas, de su búsqueda de símbolos patrióticos e históricos, así como de su poesía sensual y erótica. En todo ello se perfila claramente una tendencia romántica al populismo literario e ideológico. Podríamos citar muchos textos. Del soneto *Del libro borrador*, por ejemplo:

> *Lo que soy, si soy algo, a todos se lo debo*
> *y es deber de una cuenta que nadie me la cobra.*
> *En cambio, al pueblo todo le he dado y doy mi obra,*
> *que hasta más allá arriba del cafetal la llevo.*

> *El pueblo es el gran río donde mi arte abrevo*
> *y mis andanzas urdo y mi bajel maniobra...*[61]

que corresponde, en el plano político, a su exaltación del pueblo, a quien atribuye las virtudes quijotescas en contraste con el egoísmo de Sancho que representa a los "políticos". Veamos un

---

[59] *Obras Completas*, tomo III, p. 72.

[60] "El escritor argentino y la tradición", en *Discusión* (Buenos Aires: Emecé, 1957), p. 153. Margot Arce en su ensayo pone de relieve la originalidad y el estilo personal que va creando en sus décimas.

[61] *Obras Completas*, tomo I, p. 436. (Subrayado nuestro).

ejemplo; en una réplica polémica a un discurso de José de Diego y de Hernández López de 1916, afirma Lloréns:

> ...*el pueblo sí que es loco y soñador y abnegado, porque como colectividad no tiene barriga ni alforjas ni camina en burro en pos de lucro alguno ni de ninguna Barataria; es tempestuoso y puro y limpio como la tempestad; es como el mar que no sabe sobre qué árida playa van a morir sus olas; como el ave que ignora para quién vuela y para quién canta; como el prado que no sabe para quién se reverdece; y es, en fin, capaz de todos los tumultos y de todos los arrestos y heroísmos; capaz de saltar todos los abismos y escalar todas las cumbres, harapiento, mendigo, sin burro ni banastas, guiado sólo por el ensueño de algún ideal.*[62]

La invasión norteamericana, los hacendados, los profesionales jacobinos

Hasta ahora he tratado de explicar las apetencias históricas y los sueños utópicos y edénicos de Lloréns principalmente dentro de un contexto literario y una tradición cultural modernista y costumbrista. También he ido sugiriendo, a lo largo del trabajo, la significación social y política de algunas de sus obras, y la importancia que las circunstancias extraliterarias tienen en la génesis de los mitos que elabora y propone. Me he referido a Lloréns como representante de una élite intelectual y política de comienzos del siglo XX, sobre todo en la segunda década, y he mencionado sus vínculos con el Partido Unión y con algunas de las figuras sobresalientes de ese partido, al cual representó en la Cámara de Delegados de 1908 a 1910.

Creo que la cuestión merece más precisión, aunque es terreno que debe pisarse con extrema cautela. Nada ha hecho más estragos en cierta tradición de la crítica contemporánea que el sociologismo aficionado y vulgar, que gusta de explicar mecánica o tautológicamente las obras por las condiciones histórico-sociales, o que establece fáciles y arbitrarios nexos entre obras, autores y clases sociales. El problema, no obstante, es válido, y en el caso de Lloréns se pueden hacer algunas

---

[62] En *Juan Bobo*, 3 de junio de 1916, p. 7.

observaciones que —aun cuando requerirían más estudio— permitan ir aclarando las relaciones entre la obra y el contexto histórico social. Se pueden aprovechar, además, algunos estudios recientes que son sumamente esclarecedores. Veamos.

Angel Quintero Rivera ha estudiado los conflictos de clase en la política colonial de las primeras décadas del siglo, y su análisis es de extraordinario valor para ver por debajo de la superficie de la tradicional historia "política".[63] Me limitaré a resumir de su ensayo —con la inevitable simplificación— lo que juzgo más pertinente para mi trabajo.

La invasión norteamericana de 1898 fue seguida de una serie de medidas jurídicas y económicas destinadas a facilitar el desarrollo de las compañías azucareras. La política colonial, en dicho proceso, tenía que quebrar el poder de la clase de hacendados puertorriqueños, clase que ya había alcanzado el poder político en los últimos años del régimen español, y que, dados sus intereses y su posición, era una clase antagónica al poder imperial. De ahí que los hacendados, una vez transcurridos los primeros años de esperanza y optimismo ante la nueva metrópoli, quieran agrupar a todos los sectores de la sociedad puertorriqueña en apoyo de sus reivindicaciones políticas y económicas. En 1904 los hacendados fundan el Partido Unión de Puerto Rico, la "unión de la gran familia puertorriqueña" para fines patrióticos. Quintero muestra, sin embargo, cómo la aspiración hegemónica de los hacendados se estrella contra obstáculos insalvables. Se desarrolla una lucha política "triangular": la clase de hacendados se verá amenazada, de un lado,

---

[63] Me refiero a su estudio *Conflictos de clase y política en Puerto Rico* (Río Piedras: Ediciones Huracán, 1977). Debe consultarse también su trabajo anterior, "El desarrollo de clases sociales y los conflictos políticos en Puerto Rico", en *Problemas de desigualdad social en Puerto Rico*, ed. por Ramírez, Buitrago y Levine (San Juan: Librería Internacional, 1972), pp. 31-75. Hay trad. del último: "The Development of Social Classes and Political Conflicts in Puerto Rico", en *Puerto Rico and Puerto Ricans*, ed. de Adalberto López y Janes Petras (New York: Halsted Press, 1974), pp. 195-213. He tenido muy presente, además, la reseña crítica que publicó Gervasio García sobre el libro de Maldonado Denis: "Apuntes sobre una interpretación de la realidad puertorriqueña", en la revista *La Escalera* VI (núm. 1, junio 1970), pp. 23-31, que ahora también puede leerse, junto a otros estimulantes ensayos de García, en su reciente libro, *Historia crítica, historia sin coartadas* (Río Piedras: Ediciones Huracán, 1985).

por la nueva metrópoli, y, por el otro, por la clase obrera puertorriqueña que fue ampliándose y fortaleciéndose en las primeras décadas. El proletariado, a su vez, estará en lucha contra los intereses azucareros y también contra la clase de hacendados.[64] El proceso es complejo, pero el resultado fue claro: el poder colonial destruyó eventualmente el poder político y el poder económico de los hacendados, aunque durante algunos años —sobre todo de 1913 a 1921— se caracterizó por una política más benévola con los hacendados y hostil al proletariado. Durante esa segunda década el Partido Unión desarrolla una política "nacional", pero no logró el apoyo de otras clases.

Quintero destaca la función de los "profesionales jacobinos" unidos a los hacendados, quienes en la segunda década radicalizaron la lucha patriótica del Partido Unión e hicieron lo posible por ganarse el apoyo de los trabajadores, al mismo tiempo que defendían la lengua española y los valores culturales de la "raza". Lloréns Torres fue uno de esos "profesionales jacobinos", y él mismo prefirió describirse como uno de los "rebeldes" dentro del Partido Unión frente a las arbitrariedades de la metrópoli. Su trayectoria ilustra la perplejidad y las ambigüedades que los mismos cambios socio-económicos ocasionaban. En 1900, en el prólogo al libro de Mariano Abril, Lloréns

---

[64] Dice Quintero: "La burguesía de hacendados, clase hegemónica en términos de la estructuración de la vida, no podía ser considerada en estas décadas como clase dominante o gobernante, pues no radicaba en ella la fuente última de poder. Los señores de hacienda perdieron el poder político con la invasión norteamericana del 98 (con todo lo que esto significa para la estructuración de la economía) y fueron perdiendo también, paulatinamente, el poder económico frente a las grandes compañías norteamericanas del tabaco y el azúcar, lo que fue minando las bases de su posición hegemónica. Hacia la primera década de la dominación americana los hacendados habían comenzado a presentar, aunque tímidamente, una defensa que culminó en la posición independentista asumida por el Partido Unión en 1913.

Así, Puerto Rico presenta en estas primeras décadas una lucha política triangular: el recién desarrollado proletariado de plantaciones, por un lado, la clase de hacendados (con el apoyo de los trabajadores de hacienda y los campesinos) por otro, y sobre ambos, el poder de la metrópoli (con sus intermediarios puertorriqueños), combinando dos tipos de conflicto...: conflicto metrópoli-colonia y la lucha de clases". En "El desarrollo de las clases...", pp. 45-46.

exhortaba a "defender nuestra personalidad, bajo el amparo de la gran nación americana". Luego fue miembro fundador del Partido Unión, legislador, apoyó a Matienzo Cintrón en su lucha por la independencia, y, más tarde, en 1916 y 1917, presidió la Vanguardia Muñoz Rivera y defendió el llamado Bill Jones.[65]

La hierba firme de las obras fecundas

Hijo de hacendados, aunque se dedicó a su profesión de abogado y a la literatura, Lloréns estaba ligado sentimentalmente y por su propia posición a una clase que se vio atrapada por unos procesos históricos. Buena parte de su obra literaria articula y condensa sus aspiraciones. Se empeñó en crear, desde la literatura, unos valores nacionales, en forjar una historia nacional, una fe en el porvenir de la Antilia que correspondía, en términos generales, a la política nacional y patriótica y al populismo paternalista de los hacendados durante la segunda década. En su poesía criolla y en su canto a las legiones hispánicas intentó reconciliar las diferencias y las tensiones reales de la sociedad puertorriqueña. No tuvo mucho éxito en sus aspiraciones políticas dentro del Partido Unión; se destacó más como caudillo en el terreno intelectual y cultural. En ese terreno insistió en plantear el conflicto puertorriqueño como una lucha entre dos civilizaciones, entre dos culturas, y por eso su obra tiene un carácter apologético, de "defensa e ilustración" de la cultura humillada. Percatándose quizás de la reducción del papel de la clase a que pertenecía, del desmoronamiento de su base socioeconómica, propuso el ámbito amplio del mundo antillano y latinoamericano como alternativa.

Lloréns se aproximó como pocos a ser el portavoz de la cultura "nacional". Mucho más, en todo caso, que los hacendados en el terreno político y económico. Su palabra desmesurada,

---

[65] Lloréns fue electo Presidente del Consejo Directivo de la Vanguardia Muñoz Rivera, organización de propaganda de la doctrina de Muñoz Rivera, en diciembre de 1916. Sobre la Vanguardia y la labor política de Lloréns hay amplia información en *Juan Bobo* de finales de 1916 y comienzos de 1917.

su apasionada defensa de los valores culturales, sus sueños utópicos y sus mitos históricos han dejado —para bien y para mal— una huella profunda en la vida intelectual y política. alcanzó una enorme popularidad, mucho más allá de su clase social y de su generación. Se le consideró poeta nacional.

Hoy, sin embargo, la literatura y la sociedad se han transformado lo suficiente como para que parte de su obra ya no tenga vigencia. Para algunos es ya algo muerto y lejano, superado, "un rumor diluido en el viento". No debe extrañarnos: los valores literarios y culturales no pueden ser estáticos. Pero Lloréns está presente de una manera profunda en la moderna literatura puertorriqueña. Creó un espacio literario donde muchos se han movido después con relativa comodidad, y sentó, junto a otros, las bases para que pudiera ejercer una función intelectual y literaria que hoy continúa, aunque con otros protagonistas y con orientación muy distinta. Como ocurre frecuentemente con las creaciones humanas, buena parte de su obra está vinculada a unas circunstancias históricas y sociales muy concretas. Pero a la vez se ha alejado de ellas, y ha quedado libre para fecundar otras obras, como decía Proust al final de su novela: "la hierba firme de las obras fecundas, sobre la cual vendrán las generaciones a hacer, sin preocuparse de los que duermen debajo, su 'almuerzo en la hierba'".

BIBLIOGRAFIA

OBRAS DE LLORENS TORRES

América (estudios históricos y filológicos). Carta prólogo de Antonio Cortón. Madrid: V. Suárez, 1898. Se reimprime en *Obras completas.* Tomo II. San Juan: Instituto de Cultura Puertorriqueña y Editorial Cordillera, 1967, pp. 5-209.

Al pie de la Alhambra. (Versos. Precedido de un estudio crítico acerca de Granada y sus principales literatos.) Granada: Viuda e Hijos de Sabatel, 1899. Se reimprime en *Obras completas.* Tomo I. San Juan: Instituto de Cultura Puertorriqueña y Editorial Cordillera, 1973, pp. 3-81.

Sonetos sinfónicos. Biblioteca Americana, tomo I. San Juan: Compañía Editorial Antillana, 1914. Se reimprime en *Obras completas.* Tomo I. San Juan: Instituto de Cultura Puertorriqueña y Editorial Cordillera, 1973, pp. 83-153.

El grito de Lares. (Drama histórico-poético en tres actos, en prosa y verso.) Prólogo de Luis Muñoz Rivera. Aguadilla, Puerto Rico: Tipografía Libertad, 1927. Se reimprime en *Obras completas.* Tomo II. San Juan: Instituto de Cultura Puertorriqueña y Editorial Cordillera, 1969, pp. 210-343.

La canción de las Antillas y otros poemas. San Juan: Negociado de Materiales, Imprenta y Transporte, 1929.

Voces de la campana mayor. Prólogo de J. García Ducós. San Juan: Editorial Puertorriqueña, 1935. Se reimprime en *Obras completas.* Tomo I. San Juan: Instituto de Cultura Puertorriqueña y Editorial Cordillera, 1973, pp. 155-266.

Alturas de América. San Juan: Talleres Baldrich, 1940. Se reimprime en *Obras completas.* Tomo I. San Juan: Instituto de Cultura Puertorriqueña y Editorial Cordillera, 1973, pp. 267-493.

Poesías. Ilustraciones de Lorenzo Homar. San Juan: Instituto de Cultura Puertorriqueña, 1959.

Obras completas. Tomo I: *Poesía.* Prólogo de Carmen Marrero. San Juan: Instituto de Cultura Puertorriqueña y Editorial

Cordillera, 1973.

Obras completas. Tomo II: *Prosa y teatro.* Introducción de
María Teresa Babín. San Juan: Instituto de Cultura Puertorriqueña y Editorial Cordillera, 1969.

Obras completas. Tomo III: *Artículos de periódicos y revistas.*
San Juan: Instituto de Cultura Puertorriqueña y Editorial
Cordillera, 1969.

BIBLIOGRAFIA SELECTA SOBRE LLORENS TORRES

Arce de Vázquez, Margot. "La realidad puertorriqueña en la
poesía de Luis Lloréns Torres". En *Impresiones* (San Juan:
Editorial Yaurel, 1950), pp. 81.87.

_____. "Las décimas de Luis Lloréns Torres". *Aso-
mante*, XXI (núm. 1, enero-marzo de 1965), pp. 37-46.

Babín, María Teresa. "La prosa del poeta Luis Lloréns Torres",
prólogo de *Obras completas.* Tomo II. (San Juan: Instituto
de Cultura Puertorriqueña y Editorial Cordillera, 1969) pp.
ix-xxxii.

Belaval, Emilio S. "El estilo poético de Luis Lloréns Torres".
El Mundo, 2 de junio de 1956, p. 18. También en *Boletín de
la Academia de Artes y Ciencias de Puerto Rico*, III (núm. 3,
julio-septiembre de 1967), pp. 438-493.

Burgos, Julia de. "Homenaje al cantor de Collores". *Artes y
Letras.* (junio de 1954), p. 5.

Cabrera, Francisco Manrique. *Historia de la literatura puertorriqueña.* Nueva York: Las Américas Publishing, 1956, pp.
242-248.

Caraballo-Abréu, Daisy. *La prosa de Luis Lloréns Torres: estudio y antología.* Río Piedras: Editorial de la Universidad de
Puerto Rico, 1986.

Canales, Nemesio. "Carta abierta", I, II, III [a Luis Lloréns
Torres]. *El Día*, Ponce, 10, 12 y 18 de julio de 1911. Se
reimprime en *Paliques* (Río Piedras: Editorial Phi Eta Mu,
1952), pp. 61-69.

Corretjer, Juan Antonio. *Juicio histórico.* Nueva York, 1945. Se
reimprime en *Poesía y revolución.* Tomo I. Edición de
Joserramón Melendes (Río Piedras: Editorial Qease, 1981),

pp. 155-170. En esta importante recopilación pueden leerse también los siguientes textos de Corretjer sobre Lloréns: "Aproximación al bohío" y "Un poeta con destino", pp. 171-183.

González, José Emilio. *La poesía contemporánea de Puerto Rico (1930-1960)*. San Juan: Instituto de Cultura Puertorriqueña, 1972, pp. 56-65.

Guerra Mondragón, Miguel. "San Juan de Puerto Rico: su movimiento literario". *Revista de las Antillas*, II (núm. 4, junio de 1914), pp. 80-85.

Hernández Aquino, Luis. "Luis Lloréns Torres". En *Movimientos literarios del siglo XX en Puerto Rico* (Río Piedras: Editorial de la Universidad de Puerto Rico, 1951), pp. 6-24.

Laguerre, Enrique. "Luis Lloréns Torres". En *La poesía modernista en Puerto Rico*. San Juan: Editorial Coquí, 1969, pp. 125-138.

Marrero, Carmen. *Luis Lloréns Torres, vida y obra*. New York: Hispanic Institute, 1953. También el prólogo de *Obras completas*. Tomo I. (San Juan: Instituto de Cultura Puertorriqueña y Editorial Cordillera, 1973), pp. vii-cxxxi.

Morfi, Angelina. "Luis Lloréns Torres". En *Historia crítica de un siglo de teatro puertorriqueño* (San Juan: Instituto de Cultura Puertorriqueña, 1980), pp. 303-310.

Navarro Tomás, Tomás. "El verso en *Velas épicas* de Luis Lloréns Torres". *Revista de Estudios Hispánicos*, Universidad de Puerto Rico. Río Piedras, II (núm. 1-4, enero-diciembre de 1972), pp. 185-190.

Nolasco, Sócrates. *Escritores de Puerto Rico*. Manzanillo, Cuba: Editorial El Arte, 1953.

Ortiz García, Nilda S. *Vida y obra de Luis Lloréns Torres*. San Juan: Instituto de Cultura Puertorriqueña, 1977.

Pedreira, Antonio S. y Concha Meléndez. "Luis Lloréns Torres, el poeta de Puerto Rico". *El Mundo*, San Juan, 20 de agosto de 1933, pp. 6-7. Se publicó también en *Revista Bimestre Cubana*, XXXI (mayo-junio de 1933), pp. 330-352.

Rivera de Alvarez, Josefina. "Luis Lloréns Torres". *Diccionario de literatura puertorriqueña*. Tomo II, vol. II. San Juan: Instituto de Cultura Puertorriqueña, 1974, pp. 867-875.

_____ . *Literatura puertorriqueña: su proceso en el tiempo.* Madrid: Ediciones Partenón, 1984, pp. 264-271; 281-282 y 292-293.

LITERATURA, IDEOLOGIA, MODERNISMO: ALGUNOS ESTUDIOS CRITICOS

Franco, Jean. *La cultura moderna en América Latina,* trad. de Sergio Pitol. México: Joaquín Mortiz, 1971.

Guillén, Claudio. "On the Object of Literary Change". En *Literature as System* (Princeton: Princeton University Press, 1971), pp. 470-510.

Gutiérrez Girardot, Rafael. *Modernismo.* Barcelona: Montesinos Editor, 1983.

Henríquez Ureña, Max. *Breve historia del modernismo,* 2da. ed. México: Fondo de Cultura Económica, 1962.

Henríquez Ureña, Pedro. *Las corrientes literarias en la América Hispánica.* México: Fondo de Cultura Económica, 1949.

Kosik, Karel. *Dialéctica de lo concreto,* trad. de A. Sánchez Vázquez. México: Grijalbo, 1967.

Molloy, Sylvia. "Voracidad y solipsismo en la poesía de Darío". *Sin Nombre* XI (núm. 3, octubre-diciembre de 1980), pp. 7-15.

_____ . "Dos lecturas del cisne: Rubén Darío y Delmira Agustini". En *La sartén por el mango.* Río Piedras: Ediciones Huracán, 1986, pp. 57-69.

Montaña Peláez, Servando. *Nemesio Canales: lenguaje y situación.* Barcelona: Editorial de la Universidad de Puerto Rico, 1973.

Pacheco, José Emilio. *Antología del modernismo: 1884-1921.* 2 tomos. México: UNAM, 1970.

Paz, Octavio. "El caracol y la sirena". En *Cuadrivio,* 2da. ed. (México: Joaquín Mortiz, 1969), pp. 46-49.

Rama, Angel. *Rubén Darío y el modernismo.* Caracas: Universidad Central de Venezuela, 1970.

_____ . "Prólogo". En Rubén Darío, *Poesía.* (Caracas: Biblioteca Ayacucho, 1977), pp. ix-lii.

_____ . *La ciudad letrada.* Hanover: Ediciones del

Norte, 1984.

Salinas, Pedro. *La poesía de Rubén Darío*. Buenos Aires: Losada, 1948.

LA EPOCA DE LLORENS TORRES:
ALGUNAS REFERENCIAS HISTORICAS*

Bergad, Laird. *Coffee and the Growth of Agrarian Capitalism in Nineteenth-Century Puerto Rico*. Princeton: Princeton University Press, 1983.

Caroll, Henry K. *El informe Caroll. Report on the Island of Puerto Rico, Its Population, Civil Government, Commerce, Industries, Productions, Roads, Tariff and Currency*. Washington: Government Printing Office, 1899.

Díaz Soler, Luis. *Rosendo Matienzo Cintrón: orientador y guardían de una cultura*. 2 tomos. México: Instituto de Literatura Puertorriqueña, 1960.

García, Gervasio L. *Historia crítica, historia sin coartadas*. Río Piedras: Ediciones Huracán, 1985.

_____ y Angel Quintero Rivera. *Desafío y solidaridad: breve historia del movimiento obrero puertorriqueño*. Río Piedras: Ediciones Huracán, 1982.

González, José Luis. *El país de cuatro pisos*. Río Piedras: Ediciones Huracán, 1980.

Hardoy, Jorge E., Richard M. Morse y Richard P. Schaedel, comps. *Ensayos histórico-sociales sobre la urbanización en América Latina*. Buenos Aires: Ediciones SIAP, 1978.

Lewis, Gordon K. *Puerto Rico: Freedom and Power in the Caribbean*. New York: Monthly Review Press, 1963.

_____ . *Main Currents in Caribbean Thought*. Baltimore: The Johns Hopkins University Press, 1983.

Luque de Sánchez, María Dolores. *La ocupación norteamericana y la Ley Foraker*. Río Piedras: Editorial Universitaria, 1980.

---

* La mejor guía bibliográfica es *Los primeros pasos: una bibliografía para empezar a investigar la historia de Puerto Rico*, preparada por María de los Angeles Castro, María D. Luque de Sánchez y Gervasio García (Río Piedras: Centro de Investigaciones Históricas, Universidad de Puerto Rico, 1984).

Mintz, Sidney W. *Worker in the Cane.* New Haven: Yale University Press, 1960.

Negrón de Montilla, Aida. *Americanization in Puerto Rico and the Public School System, 1900-1930.* Río Piedras: Edil, 1971.

Picó, Fernando. *Libertad y servidumbre en el Puerto Rico del siglo XIX: los jornaleros utuadeños en vísperas del auge del café.* Río Piedras: Ediciones Huracán, 1979.

——————. *Historia general de Puerto Rico.* Río Piedras: Ediciones Huracán, 1986.

Pike, Fredrick B. *Hispanismo, 1898-1936.* Notre Dame, Indiana: University of Notre Dame Press, 1971.

Quintero Rivera, Angel. *Conflictos de clase y política en Puerto Rico.* Río Piedras: Ediciones Huracán, 1977.

——————. *Lucha obrera en Puerto Rico.* Río Piedras: CEREP, 1971.

Raffucci de García, Carmen I. *El gobierno civil y la Ley Foraker.* Río Piedras: Editorial Universitaria, 1981.

Rivero, Angel. *Crónica de la guerra hispanoamericana en Puerto Rico.* 2da. edición. Río Piedras: Edil, 1972.

Romero, José Luis. *Latinoamérica: las ciudades y las ideas.* Buenos Aires: Siglo XXI, 1976.

Scarano, Francisco, ed. *Inmigración y clases sociales en el Puerto Rico del siglo XIX.* Río Piedras: Ediciones Huracán, 1981.

——————. *Sugar and Slavery in Puerto Rico.* Madison: University of Wisconsin Press, 1984.

Véliz, Claudio. *La tradición centralista de América Latina.* Barcelona: Ariel, 1984.

LUIS LLORENS TORRES: CRONOLOGIA MINIMA

1876   Nació en el pueblo de Juana Díaz, el 14 de mayo. Sus padres fueron Luis Aurelio del Carmen Lloréns, hijo de catalán y puertorriqueña, natural de Gurabo, y de Marcelina de la Soledad de Torres, natural de Juana Díaz.

1880-1893   Pasó su infancia en la hacienda cafetalera de su padre, propietario de ricas tierras en el valle de Collores, entre Juana Díaz y Ponce. Estudia en el colegio privado dirigido por Rafael Janer, en Maricao, donde cursó la segunda enseñanza y terminó sus estudios de bachillerato.

1894   Viaja a España. Inicia estudios en la Facultad de Derecho y Filosofía y Letras en la Universidad de Barcelona. Permanece en Barcelona durante cuatro años.

1898   Concluidos sus estudios en Barcelona, se traslada a Granada y continúa allí sus estudios de Derecho Civil y Canónico. Publica el libro *América*, una colección de ensayos históricos.

1899   Publica su primer libro de versos, *Al pie de la Alhambra*, en Granada.

1900   A su regreso a Puerto Rico, después de la guerra hispano-cubano-norteamericana (1895-1898), la invasión norteamericana y el cambio de gobierno, se afilia al Partido Federal, fundado por Luis Muñoz Rivera.

1901   Contrae matrimonio con Carmen Rivero el 23 de enero en Granada. Poco después regresa definitivamente a Puerto Rico, y se establece en la ciudad de Ponce. Comienza a ejercer su profesión de abogado.

1904   Disuelto el Partido Federal, milita en el Partido Unión de Puerto Rico, presidido por Luis Muñoz Rivera.

1908-1910   Despliega una notable actividad política. Elegido por el Partido Unión, ocupa el puesto de Delegado en la Cámara. Se destaca, junto a Nemesio Canales, como uno de los "radicales" de la Cámara.

1910   Se traslada a San Juan. En la capital residió durante el resto de su vida, y allí instaló su bufete de abogado.

1912   Suscribe el manifiesto fundacional del Partido de la Independencia de la Isla de Puerto Rico, encabezado por Rosendo Matienzo Cintrón, Manuel Zeno Gandía, Matías González García y otros.

1913   Publica la "Canción de las Antillas". Funda la *Revista de las Antillas*, publicación mensual. El primer número se publicó en marzo de 1913. El último en julio de 1914.

1914   Publica los *Sonetos sinfónicos*. El poeta peruano Santos Chocano visita Puerto Rico. Lloréns participa activamente en la acogida que se le brinda al poeta, y prologa el libro de Santos Chocano, *Puerto Rico lírico*. Ese mismo año, Lloréns escribe y estrena su obra dramática, *El Grito de Lares*.

1915   Abre junto a Nemesio Canales un nuevo bufete en la calle Cruz núm. 14 en San Juan. Se inicia la publicación del semanario *Juan Bobo*, dirigido por Lloréns y Canales desde 1915 hasta 1917. Colabora frecuentemente en el diario *La Democracia*.

1916   Tras la muerte del dirigente unionista Luis Muñoz Rivera, Lloréns fue electo Presidente del Consejo Directivo de la Vanguardia Muñoz

Rivera, organización que se estableció con el propósito de continuar la doctrina del prócer. Entre los fundadores se encuentran, entre otros, Luis Muñoz Marín, Miguel Guerra Mondragón y Nemesio Canales.

1926-36 Publica artículos periodísticos, sus prosas históricas tituladas "Lienzos del solar", y editoriales, en los diarios *La Correspondencia*, *La Democracia* y *El Imparcial*. Se publican sus versos en el semanario *Indice* (1929-1931).

1929 El Departamento de Instrucción Pública publica *La Canción de las Antillas y otros poemas*, para uso en las escuelas del país.

1933 Se le rinden varios homenajes públicos. El más notable fue el celebrado en el Teatro Municial de San Juan el 23 de abril.

1935 Se publica su libro de versos *Voces de la campana mayor*.

1940 Recopila viejos y nuevos textos en su último libro, *Alturas de América*. Con motivo de esa publicación, se le rinde un homenaje público en el Ateneo Puertorriqueño.

1941-44 Publica artículos de carácter político y literario en varios diarios, sobre todo en *El Mundo* y *El Imparcial*.

1944 Muere en San Juan el 16 de junio de 1944.

2a. Serie.

No. 35 de 1916.—Tomo II.

Fundado en 1872.

San Juan, P. R., Agosto 26 de 1916.

Precio: 15 ctvs.

Escena del país. (Dibujo de Rafael Martínez).

Portada característica del semanario Juan Bobo, *con dibujo de Rafael Martínez y uno de los motivos predilectos de Lloréns: el gallo. (26 de agosto de 1916).*

Llegada del poeta José Santos Chocano a Puerto Rico, en 1913. Al centro de la foto, de izquierda a derecha: Santos Chocano, José De Diego y Lloréns Torres. (Puerto Rico Ilustrado, 25 de octubre de 1913. Cortesía de Raquel Sárraga y Rafael Reyes).

La hija del viejo Pancho*

Cuando canta en la enramada
mi buen gallo canagüey,
y se cuela en el batey
el frío de la madrugada;
cuando la mansa bueyada   5
se despierta en el corral,
y los becerros berrear
se oyen debajo del rancho,
y la hija del viejo Pancho
va las vacas a ordeñar;   10

entonces viene a mi hamaca
un olor como de selva
que no sé si está en la yerba
o en las crines de las jacas
o en las ubres de las vacas   15
o en el estiércol del rancho:
todo tiene un hondo y ancho
olor a felicidad;
y ese olor quien me lo da
es la hija del viejo Pancho.   20

---

* *Juan Bobo*, 1916.

Copla lejana*

M i bohío es mi fortuna.
Y de noche allí me encuentra
el claror de cuando hay luna
que por las rendijas entra.
Si la noche es de tormenta   5
prendo el cigarro veguero.
Y a través del aguacero,
a las dos de la mañana,
oigo la triste y lejana
copla de algún carretero.   10

---

* *La linterna*, 1926.

Agua maldita*

El amor de la zagala
que en mi sed se precipita
cuentan que es agua maldita
que quien la bebe se cala.
Todos me dicen que es mala   5
Y aunque la miro y la pruebo,
por ver si es turbia o serena,
sólo sé que mala o buena
tengo sed y me la bebo.   10

* *La linterna*, 1926.

Reo de seducción*

Señor juez: no me condene.
Ni lea más esa querella.
Ni me jable más de ella.
Ni manusee más al nene
To dende un prencipio viene   5
derecho a su derechura.
Con el cura o sin el cura,
lo ocurrío no es ná malo.
Fue que se goteó del palo
la guanábana maúra.   10

* *La linterna*, 1926.

Isabelinas*

Mi gallo de casta fina,
tan seguro a las espuelas,
lo traje de la Isabela
junto con doce gallinas.
Esas doce isabelinas   5
lo tienen encandilao,
Y aunque a todas hace el lao
y a todas quiere a la vez,
ca una se figura que es
la que corta el bacalao.   10

* *La linterna*, 1926.

El Dr. [Manuel] Alonso*

De ancha frente y barba blanca
este viejo aún recordado
fue en su tiempo el más mentado
de los Alonso de Caguas.
Describió el rancho de yaguas,   5
los aguinaldos de Enero,
las costumbres del gallero,
y con estos y otros cromos,
publicó El Gíbaro, un tomo
que será imperecedero.   10

Loco como Don Román
como Matienzo y Ruiz Belvis,
como Don José de Celis,
como Don José Julián.
El fue uno de aquellos tan   15
locos que en la patria han sido:
que en ser propietario rico
no puso el tenaz empeño
con que acarició el ensueño
de dar a su patria un libro.   20

El viejo Alonso, en verdad,
tocó como nadie el cuatro.
Por eso aquí su retrato
saco a la publicidad
con la religiosidad   25
y el respeto y el amor
del buen hidalgo español
que del cofre de la abuela
saca la más fina tela
y la tiende un rato al sol.   30

---

* *El Imparcial*, 1933.

Montañas al sol*

*La Mata de Plátano
en Peñuelas*

Mata de Plátano: a ti,
a ti te debo la mancha,
que ni el jabón ni la plancha
quitan de encima de mí.
Desque jíbaro nací,   5
al hombro cargo el tesoro
de tu racimo de oro,
y de tu hoja verde y ancha
llevaré siempre la mancha
por sécula seculorum.   10

---

* *Puerto Rico Ilustrado*, 1935.

Mariyandás de mi gallo*

Amanecer**

Guíñale el sol la cabaña.
El río es brazo que se pierde
por entre la manga verde
que cuelga de la montaña.
El yerbazal se desbaña.   5
La luz babea la colina.
Y más que el veloz caballo,
hiere la paz campesina
la puñalada honda y fina
del cantío de mi gallo.   10

Medianoche

A la orilla del camino
que en la sierra se encarama,
mi gallo duerme en la rama
de viejo laurel sabino.
Le corre ardor masculino   15
desde el pico hasta la hiel.
Y en la rama de laurel,
la luna que lo ilumina
es como blanca gallina
que abre un ala sobre él.   20

----
* *Alturas de América*, 1940.
** *La Correspondencia*, 1926.

Mediodía

Mi gallo ama el bosque umbrío
de la verde cordillera
y la caricia casera
de la hamaca en el bohío.
Cuando lanza su cantío,   25
es por su tierra y su amada.
Galán de capa y espada,
es un donjuán de la fronda,
que bajo la fronda, ronda
con su capa colorada.   30

Desafío

Gallo que los tiene azules,
es el que los sueños míos
ensueñan en desafíos
que el campo tiñan de gules.
Que su plumaje de tules   35
la lid desfleque y desfibre.
Y que cuando cante y vibre,
al lanzarse a la pelea,
su canto de plata sea:
¡viva Puerto Rico libre!   40

Puntos cubanos*

Muerta

Cuando yo más la quería,
se fue para el camposanto.
Toda la sal de mi llanto
no sazona el alma mía.
En mi choza ya vacía,   5
el ave del luto arrulla.
Y el can del recuerdo aúlla
las veces que en ansias locas
por ir en pos de otras bocas
dejé de besar la suya.   10

Mi rancho

En el cafetal, mi rancho,
nido de pajas parece,
que a viento y lluvia se mece,
cual si colgara de un gancho.
Con la hija del viejo Pancho,   15
las lluvias son placenteras;
porque al caer las goteras,
ella se acuesta conmigo
y me echa encima el abrigo
de su seno y sus caderas.   20

---

* *Alturas de América*, 1940.

Madrugada

Ya está el lucero del alba
encimita del palmar,
como horquilla de cristal
en el moño de una palma.
Hacia él vuela mi alma,   25
buscándote en el vacío.
Si también de tu bohío
lo estuvieras tú mirando,
ahora se estarían besando
tu pensamiento y el mío.   30

Vida criolla**

Ay, qué lindo es mi bohío
y qué alegre mi palmar
y qué fresco el platanar
de la orillita del río.
Qué sabroso tener frío   35
y un buen cigarro encender.
Qué dicha no conocer
de letras ni astronomía.
Y qué buena hembra la mía
cuando se deja querer.   40

** *Voces de la campana mayor,* 1935.

¡Njú...!

Llegó un jíbaro a San Juan,
y unos cuantos pitiyanquis
lo atajaron en el parque
queriéndolo conquistar:
Le hablaron del Tío Sam,   5
de Wilson; de Mr. Rut,
de Nueva York, de Sandyhuk,
de la libertad, del voto,
del dólar, del habeas corpus...
y el jíbaro dijo: ¡NJU...!   10

---

* *El Imparcial*, 2 de febrero de 1944.

Grabado de Lorenzo Homar. (Cortesía del artista).

Escudo*

Mi escudo es limpio escudo de nobleza
donde brillan los siete puñales
de los siete pecados capitales
y los siete colores de la naturaleza.

En un cuartel domina la Mano divina;   5
en otro luce Venus su cuerpo de diosa;
llora en otro la Madre Dolorosa;
y ríe en otro el Diablo detrás de una cortina...

(Los ejes magnos de todas las cosas)...
En la orla hay enyugados femeninos nombres,   10
evocadores de angustias y placeres;

nombres de cortesanas, de santas y de diosas.
Y la divisa es una mano tendida a todos los hombres
y un corazón abierto a todas las mujeres.

---

* *La Democracia*, 1913; y en *Sonetos sinfónicos*, 1914.

La Negra*

A Félix Matos Bernier

Bajo el manto de sombras de la primera noche,
la mano de Elohím, ahíta en el derroche
de la bíblica luz del fiat omnifulgente,
te amasó con la piel hosca de la serpiente.

Puso en tu tez la tinta del cuero del *moroco*   5
y en tus dientes la espuma de la leche del coco.
Dio a tu seno prestigios de montañeza fuente
y a tus muslos textura de caoba incrujiente.

Virgen, cuando la carne te tiembla en la cadera,
remedas la potranca que piafa en la pradera.   10
Madre, el divino chorro que tu pecho desgarra,

rueda como un guarismo de luz en la pizarra.
Oh, tú, digna de aquel ebrio de inspiración
cántico de los cánticos del rey Salomón.

Canción de las Antillas*

¡Somos islas! Islas verdes. Esmeraldas
en el pecho azul del mar.
Verdes islas. Archipiélago de frondas
en el mar que nos arrulla con sus ondas
y nos lame en las raíces del palmar.   5

¡Somos viejas! O fragmentos de la Atlante
de Platón,
o las crestas de madrépora gigante,
o tal vez las hijas somos de un ciclón.
¡Viejas, viejas!, presenciamos la epopeya resonante   10
de Colón.

¡Somos muchas! Muchas, como las estrellas.
Bajo el cielo de luceros tachonado,
es el mar azul tranquilo
otro cielo por nosotras constelado.   15
Nuestras aves, en las altas aviaciones de sus vuelos,
ven estrellas en los mares y en los cielos.

¡Somos ricas! Los dulces cañaverales,
grama de nuestros vergeles,
son panales   20
de áureas mieles.
Los cafetales frondosos,
amorosos,
paren granos abundantes y olorosos.
Para el cansado viajero   25
brinda sombra y pan y agua el cocotero.

---

* *El Heraldo Español*, 1913; *Revista de las Antillas*, 1914.

Y es incienso perfumante
del hogar
el aroma hipnotizante
del lozano tabacar.   30
Otros mares guardan perlas en la sangre del coral
                                        de sus entrañas.

Otras tierras dan diamantes del carbón de sus
                                                montañas.
De otros climas son las lanas, los vinos y los cereales.
Berlín brinda con cerveza. París brinda con champán.
China borda los mantones orientales.   35
Y Sevilla los dobleces de la capa de Don Juan.
¿Y nosotras?... De tabacos y de mieles,
repletos nuestros bajeles
siempre van.
¡Mieles y humo! Legaciones perfumadas.   40
Por la miel y por el humo nos conocen en París y en
                                                Estambul.
Con la miel rozamos labios de princesas encantadas.
Con el humo penetramos en el pecho del doncel de
                                                barba azul.

¡Ricas, ricas! Los bajeles que partieron
con las mieles, los tabacos y el café de nuestra sierra,   45
los bajeles nos trajeron
los bajeles ya volvieron,
las especies y las gemas de los cinco continentes de la
                                                tierra.

¡Somos hembras! Hembras duras
en el seno y las caderas: 50
en las cumbres monolíticas y en las gnéisicas laderas
de las aterciopeladas cordilleras.
Hembras puras
en las vírgenes entrañas
de oro de nuestras montañas.   55
Y hembras de ubres maternales
en las peñas donde irrumpen los fecundos manantiales

con que la negra nodriza de la sierra
se desborda sobre el humus sediento de la tierra.

¡Somos indias! Indias bravas, libres, rudas,   60
y desnudas,
y trigueñas por el sol ecuatorial.
Indias del indio bohío
del pomarrosal sombrío
de las orillas del río   65
de la selva tropical.
Los Agüeybanas y Hatueyes,
los caciques, nuestros reyes,
no ciñeron más corona
que las plumas de la garza auricolor.   70
Y la dulce nuestra reina Anacaona,
la poetisa de la voz de ruiseñor,
la del césped por alfombra soberana
y por palio el palio inmenso de los cielos de tisú,
no tuvo más señorío   75
que una hamaca bajo el ala de un bohío
y un bohío bajo el ala de un bambú.

¡Somos bellas! Bellas a la luz del día
y más bellas a la noche por el ósculo lunar.
Hemos toda la poesía   80
de los cielos, de la tierra y de la mar:
en los cielos, los rosales florecidos de la aurora
que el azul dormido bordan de capullos carmesíes
en la cóncava turquesa del espacio que se enciende y
                      se colora

como en sangre de rubíes;   85
en los mares, la gran gema de esmeralda que se esfuma
como un viso del encaje de la espuma
bajo el velo vaporoso de la bruma;
y en los bosques, los crujientes pentagramas
bajo claveles de orquídeas tropicales,   90
los crujientes pentagramas de las ramas
donde duermen como notas los zorzales...

Todas, todas las bellezas de los cielos, de la tierra y de
la mar,
nuestras aves las contemplan en las raudas
perspectivas de sus vuelos,
nuestros bardos las enhebran en el hilo de la luz de su
cantar.   95

¡Somos grandes! En la historia y en la raza.
En la tenue luz aquella que al temblar sobre las olas
dijo "¡tierra!" en las naos españolas.
Y más grandes, porque aquí
se conocieron   100
los dos mundos, y los Andes
aplaudieron
la oración de Guanahaní.
Y aún más grandes, porque fueron
nuestros bosques los que oyeron,   105
conmovidos,
en el mundo de Colón,
los primeros y los últimos rugidos
del ibérico León.
Y aún más grandes, porque somos: en las playas de
Quisqueya,   110
la epopeya
de Pinzón, la leyenda áurea del pasado fulgente;
en los cármenes de Cuba,
la epopeya de la sangre, la leyenda del presente
de la estrella en campo rojo sobre franja de zafir;   115
y en los valles de Borinquen,
la epopeya del trabajo omnipotente,
la leyenda sin color del porvenir.

¡Somos nobles! La nobleza de los viejos pergaminos
señoriales:
que venimos resonando por las curvas de los siglos
ancestrales,   120
en las clásicas leyendas orientales
y en los libros de los muertos idiomas inmortales.
Nuestro escudo engasta perlas del dolor de Jeremías

y esmeraldas de las hondas profecías
de Isaías.   125
He aquí el címbalo de alas,
más acá de las etiópicas bahías,
que enviara en vasos de árboles al mar
su legado.
Aquí el mundo en otros tiempos humillado,   130
cuyas cúspides homéricas
fueron nidos de las águilas ibéricas
en sus sueños y en sus ansias de volar.
Nobles por lo clásicas: profetizadas de Isaías,
de Jeremías,   135
de David, de Salomón,
de Aristóteles, de Séneca y Platón.
Nobles por lo legendarias: góticas, cartaginesas y
                                            fenicias,
por las naves que vinieron
de Fenicia y de Cartago y las que huyeron   140
en España de la islámica invasión.
¡Nobles, nobles! Que venimos resonantes,
por las curvas de los siglos fulgurantes,
hasta el más noble de todos,
hasta el siglo de la raza, de la historia,   145
del heroísmo, de la fe y la religión,
el más grande de los siglos,
el de América y España,
de Colón y de Pinzón.

¡Somos las Antillas! Hijas de la Antilia fabulosa.   150
Las Hespérides amadas por los dioses.
Las Hespérides soñadas por los héroes.
Las Hespérides cantadas por los bardos.
Las amadas y soñadas y cantadas
por los dioses y los héroes y los bardos   155
de la Roma precristiana y la Grecia mitológica.
Cuando vuelvan las hispánicas legiones
a volar sobre la tierra como águilas;
cuando América sea América, que asombre

con sus urbes y repúblicas;   160
cuando Hispania sea Hispania, la primera
por la ciencia, por el arte y por la industria;
cuando medio mundo sea
de la fuerte raza iberoamericana,
las Hespérides seremos las Antillas,   165
¡cumbre y centro de la lengua y de la raza!

Campesina criolla*

Campesina, la campesina
de audaz ojera tropical,
muy hermana de la gallina,
sabrosamente femenina
y frágil como de cristal.   5

Campesina de las montañas,
campesina de los bohíos,
mi campesina, que te bañas
en la penumbra de las cañas
sobre el remanso de los ríos.   10

Campesina madrugadora;
alma germana de la aurora;
fresca como una cantimplora;
de amplia cintura, gordos senos,
pálida tez y ojos morenos.   15

Por delante de tu bohío,
una verde alfombra se tiende,
desde la colina hasta el río.
Diana de cocuyos la enciende
y el alba la unge de rocío.   20

¡Quién pudiera, mi campesina,
vivir contigo en una hacienda,
y despertar con la neblina,
y ayudarte tras la cocina
a ordeñar la vaca berrenda!   25

Feliz madrugador galán
el que a ti llega en su alazán,

---

* *Revista de las Antillas*, 1914; *Canción de las Antillas*, 1929; *Alturas de América*, 1940.

para que tu mano le dé
una rebanada de pan
con una taza de café;   30

café molido en el mortero
y colador por la mañana
sobre el fogón que su humo emana
por las líneas del alero
en mechones de barba cana.   35

Mi campesina, ¡quién pudiera
seguir tus pasos, como un perro,
cuando vas a la sementera
o cuando bajas por el cerro
brincando como una ternera!   40

En el bochorno del estío
sales a buscar agua al río
y la cargas en la cintura
y tienes siempre en tu bohío
un calabazo de agua pura.   45

Bajo la crespuscular calma,
de tarde, rondas por el valle,
o te tumbas junto a una palma,
con una rosa sobre el talle
y una sonrisa sobre el alma.   50

Sabes a vida y a esperanza
y haces del jíbaro tu esclavo
cuando te das toda en la danza
y en la fiebre del güiro bravo
hueles a canela y a clavo.   55

En la honda noche misteriosa,
tu mano es tibia y amorosa;
sabia tu boca; y tu cadera,
como anca indómita y nerviosa
de fina jaca sabanera.   60

Bajo la égida de tu ala,

tu huerto da frutos benditos,
tu cabra tiene dos cabritos,
y tu gallina va a la tala,
seguida de siete pollitos.   65

Tus flores nacen sin la ayuda
del abono ni de la azada
en tu jardín de tierra cruda;
pero en una lata oxidada
cuidas una mata de ruda.   70

Amo tus ríos, tus cabañas,
las trovas de tu ruiseñor;
amo tu nido y tu calor;
y quiero ser de tus montañas,
siendo tu esclavo y tu señor.   75

Y en tu bohío yo quisiera
mecer la hamaca que te duerme,
y destrenzar tu cabellera,
y bajo de ella adormecerme
como bajo una enredadera.   80

Bolívar*

A Rufino Blanco-Fombona

Político, militar, héroe, orador y poeta.
Y en todo, grande. Como las tierras libertadas por él.
Por él, que no nació hijo de patria alguna,
sino que muchas patrias nacieron hijas de él.

Tenía la valentía del que lleva una espada.   5
Tenía la cortesía del que lleva una flor.
Y entrando en los salones arrojaba la espada.
Y entrando en los combates arrojaba la flor.

Los picos del Ande no eran más, a sus ojos,
que signos admirativos de sus arrojos.   10
Fue un soldado poeta. Un poeta soldado.

Y cada pueblo libertado
era una hazaña del poeta y era un poema del soldado.
Y fue crucificado...

---

* *Sonetos sinfónicos*, 1914.

El negro*

Niño, de noche lanzábame a la selva,
acompañado del negro viejo de la hacienda,
y cruzábamos juntos la manigua espesa.
Yo sentía el silencioso pisar de las fieras

y el aliento tibio de sus bocas abiertas.   5
Pero el negro a mi lado era una fuerza
que con sus brazos desgajaba las ceibas
y con sus ojos se tragaba las tinieblas.

Ya hombre, también a la selva del mundo fui
y entre hombres y mujeres de todas las razas viví.   10
Y también su pisar silencioso sentí.

Y tuve miedo, como de niño... pero no huí...
porque en mi propia sombra siempre vi
al negro viejo siempre cerca de mí.

---

* *Sonetos sinfónicos*, 1914.

A Puerto Rico*

A Tomás Carrión

La América fue tuya. Fue tuya en la corona
embrujada de plumas del cacique Agüeybana,
que traía el misterio de una noche de siglos
y quemóse en el rayo de sol de una mañana.

El Africa fue tuya. Fue tuya en las esclavas   5
que el surco roturaron, al sol canicular.
Tenían la piel negra y España les dio un beso
y las volvió criollas de luz crepuscular.

También fue tuya España. Y fue San Juan la joya,
que aquélla madre vieja y madre todavía,   10
prendió de tu recuerdo como un brillante al aire

sobre el aro de oro que ciñe la bahía.
¿Y el Yanki de alto cuerpo y alma infantil quizás?...
¡El Yanki no fue tuyo ni lo será jamás!

---

* *Sonetos sinfónicos*, 1914.

Seguidillas de Juan Bobo*

No es raro que vaya
Don Zoilo Simpleza
a las recepciones
de la Fortaleza;
ni que se descubra,   5
sombrero en la mano,
cuando escucha el himno
del americano;
ni que se chotee
con torpe cinismo   10
de los que defienden
el regionalismo;
ni que por un míster
venda la chaqueta,
los pantaloncillos   15
y la camiseta.
Para él no hay más mundo
ni cosas más bellas
que las trece franjas
y cuarenta estrellas.   20
Suele ir a sesiones
del Ejecutivo
y oye lo que dicen,
muy, muy pensativo;
y en vez de chotearse,   25
como otro lo haría,
del pipí senado
de la factoría,

* *Juan Bobo*, 1915.

él lo toma en serio
y oye con bondad,   30
como si un senado
fuese de verdad.
El es periodista,
él es orador,
y aunque siempre el traje   35
le huele a sudor,
en cuatro de Julio
y en Thanksgiving Day
sus discursos huelen
a flor de mamey.   40
No creáis por eso
Don Zoilo Simpleza
sea un gran mentecato
o un gran sinvergüenza;
no, amigos lectores,   45
Don Zoilo Simpleza
es un hombre que
baja la cabeza,
porque es empleado
de un departamento   50
donde goza de
gran predicamento
y tiene un sobrino
en la sanidad
y otro en policía   55
y otro en caridad
y tiene dos hijas
que son profesoras
y cuatro cuñadas
que son inspectoras   60
y un hijo con beca
que estudia el binomio
y la suegra loca
en el manicomio
y un tío catedrático   65
y en presidio un yerno

y el alma en las rojas
pailas del infierno...
¿Comprendéis por qué
Don Zoilo Simpleza
ante el yanqui se
rasca la cabeza
y parece que
no tiene vergüenza?

70

Trigueña*

La trigueña es como una copa de ron viejo.
La trigueña es como una tinaja de agua fresca
Cuando nos hiere el dardo de su mirar complejo,
hay en sus labios miel que la herida refresca.

Cien trigueñas remaron en la barca impetuosa   5
donde navega mi ilusión.
Para todas mi huerto siempre tuvo una rosa,
y un latido mi corazón.

La trigueña me mata. Me mata con las flechas
que dispara en el arco de sus combas caderas.   10

Y detrás de sus ojos, la negra cabellera
se abre como la noche detrás de las estrellas.

Yo estudio un beso sabio para la rosa excelsa
de una briosa, cálida y honorable trigueña.

* *Juan Bobo,* 1916; *Indice,* 1929.

Valle de Collores*

Cuando salí de Collores,
fue en una jaquita baya,
por un sendero entre mayas
arropás de cundiamores.
Adiós, malezas y flores   5
de la barranca del río,
y mis noches del bohío,
y aquella apacible calma,
y los viejos de mi alma,
y los hermanitos míos.   10

Qué pena la que sentía,
cuando hacia atrás yo miraba,
y una casa se alejaba,
y esa casa era la mía.
La última vez que volvía   15
los ojos, vi el blanco vuelo
de aquel maternal pañuelo
empapado con el zumo
del dolor. Más allá, humo
esfumándose en el cielo.   20

La campestre floración
era triste, opaca, mustia.
Y todo, como una angustia,
me apretaba el corazón.
La jaca, a su discreción,   25
iba a paso perezoso.

---

* *Juan Bobo*, 1916; *La Canción de las Antillas y otros poemas*, 1929;
Alturas de América, 1940.

Grabado de Lorenzo Homar. (Cortesía del artista).

Zumbaba el viento, oloroso
a madreselvas y a pinos.
Y las ceibas del camino
parecían sauces llorosos.   30

No recuerdo cómo fue
(aquí la memoria pierdo).
Mas en mi oro de recuerdos,
recuerdo que al fin llegué:
la urbe, el teatro, el café,   35
la plaza, el parque, la acera...
Y en una novia hechicera,
hallé el ramaje encendido,
donde colgué el primer nido
de mi primera quimera.   40

Después, en pos de ideales.
Entonces, me hirió la envidia.
Y la calumnia y la insidia
y el odio de los mortales.
Y urdiendo sueños triunfales,   45
vi otra vez el blanco vuelo
de aquel maternal pañuelo
empapado con el zumo
del dolor. Lo demás, humo
esfumándose en el cielo.   50

Ay, la gloria es sueño vano.
Y el placer, tan sólo viento.
Y la riqueza, tormento.
Y el poder, hosco gusano.
Ay, si estuviera en mis manos   55
borrar mis triunfos mayores,
y a mi bohío de Collores
volver en la jaca baya
por el sendero entre mayas
arropás de cundiamores.   60

La vieja casa en que
nació Muñoz Rivera*

Yo amo la mansa onda de la oculta fragancia
que toda cosa humilde filtra en su corazón.
Yo te amo, vieja casa de tablas augustiadas
y ajadas por los besos de la lluvia y del sol.

Te amo porque en tu umbría llora perennemente   5
el balsámico filtro de la divina miel
que te da bajo el alba ese olor a pesebre
y a mula y a buey manso y a heno de Belén.

Te amo porque en la cumbre de la isla dolorosa
es tuya la nobleza de ser única y sola;   10
que no cabe en el templo más que una sola cruz.

Mi laurel quiere ahora crecer bajo tus alas.
¡Ay de aquella otra pobre casita que enhebraba
los mil y un ensueños de ser lo que eres tú!

* *Juan Bobo*, 1916.

Café prieto*

Se le cae el abrigo a la noche.
Ya el ártico Carro la cuesta subió.
Río abajo va el último beso
caído del diente del Perro Mayor.

Se desmaya en mis brazos la noche.   5
Su Virgo de oro llorando se fue.
Los errantes luceros empaña
el zarco resuello del amanecer.

Se me muere en los brazos la noche.
La envenena el zumoso azahar.   10
Y la tórtola azul, en su vuelo,
una azul puñalada le da.

La neblina se arisca en el monte.
Las hojas despiertan rocío sutil.
Y en la muda campana del árbol,   15
el gallo repica su quiquiriquí.

Al reflejo del vaho del alba,
el pez en la onda, la abeja en la flor,
con la fe de su crédulo instinto,
descubren la miga segura de Dios.   20

De la choza que está en la vereda,
un humito saliendo se ve.
La ventana se abre. Y la doña
me da un trago de prieto café.

_____

* *Indice*, 1930; *Voces de la campana mayor*, 1935; *Alturas de América*, 1940.

El patito feo*

No sé si danés o ruso,
genial cuentista relata
que en el nido de una pata
la hembra de un cisne puso.
Y ahorrando las frases de uso   5
en los cuentos eruditos,
diz que sin más requisitos,
en el tricésimo día,
la pata sacó su cría
de diez y nueve patitos.   10

Según este breve cuento,
creció el rebaño pigmeo
llamando PATITO FEO
al patito diez y nueve.
¡El pobre! Siempre la nieve   15
lo encontró fuera del ala.
Y siempre erró en la antesala
de sus diez y ocho hermanos
que dejábanle sin granos
las espigas de la tala.   20

Vagando por la campaña
la palmípeda cuadrilla
al fin llegó hasta la orilla
de la fuente en la montaña.
¡Qué sensación tan extraña   25
y a la par tan complaciente
la que le onduló en la mente
al llamado FEO PATO

---

* *El Diluvio*, 1931; *Alturas de América*, 1940.

cuando miró su retrato
en el vidrio de la fuente!   30

Surgió entonces de la umbría
en collar de cisnes blancos
en cuyos sedosos flancos
la espuma se emblanquecía.
(Aquí, al autor, que dormía   35
cuando este cuento soñó,
dicen que lo despertó
la emoción de la belleza.
Y aquí sigue, o aquí empieza,
lo que tras él soñé yo).   40

Cisne azul la raza hispana
puso un huevo, ciega y sorda,
en el nido de la gorda
pata norteamericana.
Y ya, desde mi ventana,   45
los norteños patos veo,
de hosco pico fariseo,
que al cisne de Puerto Rico,
de azul pluma y rojo pico,
lo llaman PATITO FEO.   50

Pueblo que cisne naciste,
mira y sonríe, ante el mote,
con sonrisa del Quijote
y con su mirada triste;
que a la luz del sol que viste   55
cuando quieras contemplar
que es de cisne tu figura,
mírate en el agua pura
de la fuente de tu hogar.   60

Con flama de tu real sello,
mi cisne de Puerto Rico,
la lumbre roja del pico
prendes izada en el bello
candelabro de tu cuello.   65

Y azul del celeste tul,
en que une la Cruz del Sur
sus cinco brillantes galas,
es el que pinta en tus alas
tu firme triángulo azul.   70

Oro latino se asoma
a tu faz y en tu faz brilla.
Lo fundió en siglos Castilla.
Y antes de Castilla, Roma.
Lo hirvió el pueblo de Mahoma   75
en sus fraguas sarracenas.
Y antes de Roma, en Atenas,
los Homero y los Esquilo
hilaron de ensueño el hilo
de la hebra azul de tus venas.   80

En tu historia y religión
tus claros timbres están;
que fuiste el más alto afán
de Juan Ponce de León.
Mírate, con corazón,   85
en tu origen caballero,
en tu hablar latinoibero,
en la fe de tus altares,
y en la sangre audaz que en Lares
regó Manolo el Leñero.   90

Veinte cisnes como tú
nacieron contigo hermanos
en los virreinos hermanos
de Méjico y el Perú.
Bajo el cielo de tisú   95
de la antillana región,
los tres cisnes de Colón,
las tres cluecas carabelas,
fueron las aves abuelas
en tan magna incubación.   100

Alma de la patria mía,
cisne azul puertorriqueño,
si quieres vivir el sueño
de tu honor y tu hidalguía,
escucha la voz bravía   105
de tu independencia santa
cuando al cielo la levanta
el huracán del Caribe
que con rayos la escribe
y con sus truenos la canta.   110

Ya surgieron de la espuma
los veinte cisnes azules
en cuyos picos de gules
se desleirá la bruma.
A ellos su plumaje suma   115
el cisne de mi relato.
Porque has visto tu retrato
en los veinte cisnes bellos.
Porque quiere estar con ellos.
Porque no quiere ser pato.   120

La Colasa está dañada*

*De la perra que en el celo
los perros le andan detrás,
la gente del campo dice:
"esa perra está dañá".*

"Cantar popular"

Canflor, Mastín, Zagal, Leopardo, Pinto.
Perros de untuosa carne y fina lana.
Bravos, alertas, ágiles, valientes.
Canes que en todo el municipio han fama.
Que viven allá lejos de mi barrio   5
varias azules millas de distancia,
y a los que nunca nadie les ha dicho
los caminos que salen a mi casa,
ni que en mi casa hay una perra negra,
ni que la perra negra está dañada.   10
Perros castizos, de castiza sangre,
y otros cincuenta más de sangre sata,
anoche fueron lobos que asaltaron
mi jardín, mi balcón y mi terraza.
¿Qué incógnito teléfono inalámbrico,   15
tundiendo los sopores de la estática,
les dio el aviso de lo que hoy le ocurre
a mi negra mastina la Colasa?
Es la célula radiodifusora,
que Dios le puso a ella en las entrañas,   20
la que silba el silbido que despierta
a las dormidas células lejanas.

---

* *El Imparcial*, 1933; *Voces de la campaña mayor*, 1935.

Leyes que rigen a los perros, leyes
que también rigen a la especie humana.
Si don Juan, atusados los bigotes,   25
capa en el hombro y en el cinto espada,
la austeridad humilla del convento,
es porque doña Inés está dañada.
Si el penacho romántico de plumas
iza Romeo al ascender la escala   30
que siente el despertar de las alondras,
es que también Julieta está dañada.
La clámide triunfal de Marco Antonio
es alfombra en el trono de Cleopatra,
que si el romano es el varón más fuerte,   35
es la egipcia la hembra más dañada.
Unge Cristo la faz de Magdalena
con el aceite de la santa gracia,
porque mira en los labios tentadores
la bella sed de la inmortal dañada.   40
La Colasa, Julieta, Magdalena
y cuantas hembras son, todas se dañan,
para ser en la alquimia creadora
los filtros en que Dios filtra la nada
y en que aún crea de la nada el mundo: 45
los filtros de la sal inanimada
en que Dios sopla el "Hágase la vida"
y la vida se hace de la nada.

La campana mayor*

Oid mi voz
y contemplad mi omnicolor bandera.
Soy la universal hoz.
Soy la universal sementera.
Escuchad mi voz que trae la armonía   5
de todas las vibraciones del mundo,
desde la fermata que el nido al romper sus huevos pía,
hasta el miserere que en el circo muge el toro
                                          moribundo.
Soy la Carne. Y os hablo desde los abismos
del fondo de vosotros mismo.   10

Soy el barro del hombre, el mármol de la mujer,
la vasija de todo viviente ser.
Fui en la aurora del mundo amasada por el Creador.
Sus manos me dieron la vida y el calor.
Quien me besa se embriaga en las fragancias prístinas   15
que aún conservo de las manos divinas.

Cuando, a Dios obedientes, el león ruge,
el gallo canta, el toro muge,
el potro relincha, el tigre brama...
es mi voz que a la naturaleza llama: 20
soy yo quien relincha, ruge, brama...

Soy la más alta cumbre que han subido
los raros superhombres que han sido:
el artista, el sabio, el héroe, el bandido.
A mi luz, toda cosa   25
se perfuma de rosa

---

* *Voces de la campana mayor*, 1935.

y se empolva de oro de mariposa.
Divinizo la humanidad
bajo los velos de mi excelsa idealidad.
Y por mí, el ganso, el atún y el pollino   30
tienen también su momento divino.

Soy sol de todo ser viviente,
que en todo ser me inicio con rubores de oriente,
y a todo ser incienso,
y a todo ser abraso,   35
y sobre todo ser giro, como el sol en su arco inmenso
del oriente al ocaso.
Y como el sol, me enciendo en el alba de la vida,
remonto la cuesta de la juventud florida,
escalo el cenit del firmamento   40
donde la virilidad arde,
lamo el descendimiento
con lengua sabiamente cobarde,
y me apago en los seniles desmayos de la tarde.
Ni Jesús ni San Agustín   45
lograron aplacar la marcha avara
con que recorro mi arco desde el principio al fin:
la imperturbable ruta triunfal,
que la mano de Dios me trazara,
en el concierto de la vida terrenal.   50

Cabalgo en el potro que deja tras sí un nubarrón
en las sendas lácteas, en las vías brumosas
que manchan las noches misteriosas
Y es mi ardorosa sensualidad microorgánica
la bruja lámpara botánica   55
a cuya luz la seca y pálida semilla
convierte en amapolas el puñado de arcilla
y en fragante racimo
la insípida y oscura paletada de limo.
Soy el más fuerte impulso de la vida.   60
Y aún soy mucho más fuerte
cuando soplo la falange aguerrida
de los transustanciadores gusanos de la muerte.

La moral y las religiones
no humedecen la seda de sus plumas   65
en las ingenuas espumas
de mis generosas fermentaciones.
Pero el arte conecta en mi matriz su hilo.
Y la yema de luz de su pabilo
es incendio en los dáctilos del poema de Troya,   20
es incendio en los pechos de la Venus de Milo,
es incendio en el vientre de la maja de Goya.
Y jamás seré hueso de la paz sepulcral...
Cuando la ira divina
sepulte la más alta colina   75
en el futuro diluvio universal;
cuando el agua salobre
salte de sierra en sierra
e hinche sus olas sobre
toda la faz de la tierra,   80
y la humanidad entera se hunda en el abismo
del sueño ultraprofundo,
Dios me hará una guiñada después del cataclismo...
Y surgiré otra vez,
a repoblar el mundo,   85
de la leche de un pez.

Del libro borrador*

Lo que soy, si soy algo, a todos se lo debo
y es debe de una cuenta que nadie me la cobra.
En cambio, al pueblo todo le he dado y doy mi obra,
que hasta más allá arriba del cafetal la llevo.

El pueblo es el gran río donde mi arte abrevo   5
y mis andanzas urdo y mi bajel maniobra.
Y de vino y de hembras, jamás nada me sobra,
que a las hembras las amo y el vino me lo bebo.

Embriágame la copa del sol en la isla mía,
y a templar los ardores que deja en mi garganta,   10
me bebo los arroyos en hojas de yautía.

Mi deuda, si es que debo, no sé si es tanto o cuanta,
porque el ave que arrulla en mi azul pulpería
nunca le ha puesto precio a los cantos que canta.

---

* *El Imparcial*, 1937; *Alturas de América*, 1940.

Todo a todos*

¡Al demonio todas
las constituciones de América!
Que a los pobres no nos garantizan
más que vanos derechos irreales:
el de propiedad,   5
el de libertad de reunión,
el de inviolabilidad del domicilio,
muy sonoros, muy huecos...
¿Qué importa
que me violen el domicilio?...   10
¡Que lo violen!...
Violarán la miseria
que en él sólo hallarán.
¿A qué garantizarnos
el derecho a la propiedad,   15
tan siempre de los menos,
tan nunca de los más?...
¿Y para qué nos sirve
el derecho a la libre reunión;
si el harapo del pobre solamente desea   20
esconderse del mundo, que el mundo no lo vea?...
¡Al demonio todas las constituciones:
que ninguna nos asegura el pan diario!
La única sabia y justa
será la que algún día   25
vendrá de todos modos;
la que sólo diga:
todo para todos.

---

* *Puerto Rico Ilustrado*,1938; *Alturas de América*, 1940.

Manolo el Leñero*

Héroe Puertorriqueño de la Revolución de Lares

Fuiste, en el gesto redentor, tan fuerte,
que al caer, con la mano mutilada,
aun alzaste la enseña ensangrentada,
dando aquel grito: ¡Independencia o muerte!

No sé si la desgracia o si la suerte   5
abrió tu fosa en la primer jornada.
¿No oyes la envilecida carcajada
de tu pueblo, incapaz de comprenderte?

Tu pecho todo se volvió una rosa
al derramar tu sangre generosa   10
por el pueblo infeliz que en torpe yerro

no siente el deshonor de ser esclavo,
y sus cadenas lame, como un perro,
y, como un perro, remenea el rabo.

---

* *Alturas de América*, 1940.

2a. Serie.   No. 46 de 1916.—Tomo II.

Fundado en 1872.   San Juan, P. R., Novbre. 11 de 1916.   Precio: 15 ctv.

JUAN BOBO

¡Caramba, qué ancha me viene
Esta ropa de Martí!...
Por mucho que me rellene
Es muy grande para mí.

Caricatura del prócer José de Diego en el semanario **Juan Bobo**. *La vida política de esos años, y las simpatías y antipatías de Lloréns y Nemesio Canales, se expresan en las frecuentes caricaturas de Momo. (11 de noviembre de 1916).*

AÑO 1.   MARZO DE 1913.   NUM. 1.

Revista de las Antillas

MAGAZINE HISPANO-AMERICANO.   EDICION MENSUAL ILUSTRADA.

Director: Luis Llorens Torres.
Sub - Director: Mariano Abril.
Administrador: R. Negrón Flores.

SECCIONES   **DIRECTORES**

Literatura-Arte-Historia-Filosofía .... { Nemesio R. Canales.
                                                  José de Diego.
                                                  L is Llorens Torres.

Política-Economía-Estadística .... { E. Benítez Castaño.
                                             C. Coll y Cuchí.
                                             E. Fernández Vanga.

Jurisprudencia y Legislación .... { Féliz Córdova Dávila.
                                            Juan Hernández López.
                                            Martín Travieso.

Ciencias .... { I. González Martínez.
                        Ramón Gandía Córdova.

Agricultura y Comercio .... R. Negrón Flores.

Actualidades .... Mariano Abril.

Mundo femenino .... { Trinidad Padilla de Sanz.
                             Josefa del Valle Zeno.
                             E. Fernández Vanga.

Director Artístico .... Francisco Roldán.

REDACTORES EN EL EXTRANJERO:

Madrid .... { Luis Morote.
                      Antonio Cortón.

París .... { R. Blanco Fombona.
                     Luis Bonáfoux.

Washington .... Luis Muñoz Rivera.

New York .... J. Pérez Losada.

Habana .... Sergio Cuevas Zequeira.

Santo Domingo .... F. Henríquez Carvajal.

COLABORADORES

Los más insignes escritores de Puerto Rico, Cuba, Santo Domingo, España,
y países hispano-americanos.

Portada del primer número de la Revista de las Antillas *(marzo 1913).*

¡Santurce!*

En Puerto Rico no hay nada mejor que Santurce.

Antes era un mal barrio de San Juan; hoy es un pueblo delicioso; mañana será la más bella, la única ciudad de la isla.

Este es el pueblo de los palmares; de las casas bonitas como las palomas de los nidos.

Las palmeras de exhuberantes ramas, erguidas a uno y otro lado de la carretera, le dan al paisaje un aspecto atrayente con todo el imán de una sonrisa de los trópicos.

Las casas, de estilos caprichosos, con balcones casi ocultos tras tupidas enredaderas, con fuentes de linfas azules en que vagan pececillos de áureas escamas, con jardines poblados de mil rosas y mil claveles y mil azucenas y con verjas reveladoras de ensueños... Ah, estas casas son tibias como los besos y blancas como las espumas e inolvidables como los amores.

¡Y pensar que tantos jardines y tantas palmeras y tantas linfas azules y tantísimos peces dorados, no son nuestros, sino del prosaico American People, dueño único y absoluto del Portorican People y de nuestros hijos por los siglos de los siglos... ¡Amén!

* *La Democracia*, 15 de abril de 1915, p. 4.

Batata con leche*

Hoy, almorzando en un hotel, me sirvieron batata asada y leche cruda.

Me acordé de aquellas casas viejas, elevadas sobre altos estantes, con cobijas de tejas de barro; aquellas casas de campo que todavía se ven junto a los caminos reales y a las orillas de los ríos rodeadas de malojillares, la escalera delante, un pilón en el batey, y 2 ó 3 vacas amarradas detrás de la cocina.

Bebí la leche y comí la batata. Parecióme que me estaba bañando en el río Jacaguas. Dos americanas que almorzaban junto a mí, se me figuraban jíbaras cogedoras de café. Me acordé de cuando yo corría a caballo por los cerros de Collores. Y en el ambiente sentí un viejo olor a cafetales que me ensanchaba el corazón.

En las mesas contiguas, caballeros muy conocidos: en una el fiscal Gallardo; en otra, el senador Susoni; más allá, el abogado Lastra; y en otras, comerciantes y empleados.

El amor de la leche y la batata; ¡qué suavidad de inocencia yo veía resbalar de todos los semblantes!

---

* *La Democracia*, 19 de mayo de 1915, p. 4.

La cárcel de Puerta de Tierra*

Allá por la parada ocho de la carretera, el tranvía pasa frente a un edificio grande que actualmente es fábrica de elaborar tabaco. Un caserón sin belleza, sin estilo, que no habla, que no dice nada. Pero es grande, cómodo, espacioso. Fue construído por el gobierno de España. Y era entonces la cárcel de nuestra capital.

En aquella época, los viajeros del tren de Ubarri, al pasar por allí, miraban a los presos asomados tras los barrotes de hierro de las ventanas. Todos los rostros se volvían piadosamente hacia los pobres reos. Y ellos, al alzar los ojos, sólo veían delante la cola de humo que poco a poco se desvanecía.

El edificio ya no es reclusión de penitenciarios. Centenares de obreros van allí diariamente a trabajar. Y trabajan porque necesitan el jornal para su sustento. Ah, la voz imperativa y despótica del carcelero, sonando en el oído del reo condenado a trabajos forzados, no es tan imperativa y despótica como el grito "quiero pan" del hijo en el nido del obrero. La familia, los hijos, el hambre, la necesidad, el dolor, en suma, son carceleros que nos fuerzan al trabajo con el más grande y negro de los absolutismos.

Y así, ese gran edificio de Puerta de Tierra, que ayer fue celda de bandidos y rateros condenados a presidio, hoy es reclusión de obreros que van allí diariamente a sufrir la pena de trabajos forzados que el deber les impone, por el grave delito de vivir.

* *La Democracia*, 20 de mayo de 1915, p. 4; *La Correspondencia*, 10 de abril de 1926, p. 1 *(Lienzo del solar)*.

Un sermón en la bolsa*

Oid:

Todo será accesible a todos. No habrá ricos y pobres. Al igual que el aire y el agua, todo cuanto hay sobre la tierra será de todos (risas en las gradas). Las leyes que autorizan la propiedad serán todas abolidas (más risas). Todo el que posee algo se lo ha robado de algún modo (grandes silbidos). Porque Dios no le dio nada a nadie, sino que todo se lo dio a todos (risas desaforadas). El pan debe ser y será por igual para todos los hombres (choteo general). El ladrón no hace más que despojar al detentador; hoy se le llama ladrón, pero mañana se le llamará redentor (tremenda gritería y carcajadas). Del juez que hoy condena al ladrón, los hombres del futuro hablarán como de Pilatos (más carcajadas). No podrá subsistir que haya unos pocos ricos y miles estén careciendo de todo (al orador le tiran trompetillas). Ni que unos pocos manden y los demás sean rebaños (le tiran con un zapato). Cada cual tendrá su cubierto y el trabajo se repartirá por igual (burlas y notas prolongadas).

Nada de esto es. Pero todo esto será (silencio profundo). Tal es la voluntad de las mayorías (consternación general).

* *La Democracia*, 22 de mayo de 1915, p. 4.

Evaristo Izcoa Díaz*

He aquí el jíbaro puertorriqueño más bravo que tuvimos durante el cambio de soberanía, el más ardoroso, el que con más calor defendía el ideal de independencia patria.

Mientras otros, que hoy son terribles adalides, vegetaban pacíficamente en los últimos años del coloniaje español, este fervoroso jíbaro de Toa Alta no dejaba descansar su nerviosa pluma y su cálida palabra, ambas siempre como flechas contra los absolutismos de los dominadores.

Su espíritu vehemente hasta la exaltación le llevó a menudo a sufrir persecuciones y vejaciones de jueces y fiscales. Varias veces ingresó en las cárceles del país, siempre con motivo de algún artículo violento, y fue en su época el único periodista puertorriqueño que los gobiernos españoles recluyeron en un presidio peninsular.

En otro país de más campo y población, Evaristo Izcoa Díaz, no hubiera escrito quizás ni un solo artículo: habría sido un revolucionario de acción, un machetero como los de Cuba, un caudillo, un héroe tal vez.

Su pasión no era de odio a España primero, ni a Estados Unidos después.

Su pasión era de amor a Puerto Rico, de culto a esta tierra, de afán por verla libre. Así se explica que fuese separatista contra España hasta que vio arriarse la insignia española, y contra los americanos desde que éstos enarbolaron aquí su bandera. Y así también se comprende que fuese atropellado por ambos dominadores, es decir, que pasó del atropello de los españoles al de los americanos.

Como rasgo de su intrepidez, se refiere que en San Germán se encaró con el capitán de las tropas yanquis allí apostadas, y *tête à tête* le dijo: "Si yo tuviera doscientos hombres como yo, los

---

* *Juan Bobo*, 10 de junio de 1916, p. 3.

"Entered as second-class matter December 11, 1915, at the post office at San Juan, Puerto Rico, under the Act of March 3, 1879."

Juan Bobo

REDACTORES:
LUIS LLORENS TORRES
NEMESIO CANALES
CARLOS LOPEZ DE TORD

ADMINISTRADOR: J. SAAVEDRA

EDITORES: J. SAAVEDRA & CO.

DIRECCIONES:
OFICINAS: CRUZ 14, altos,
TELEFONO 438.
APARTADO 1032.

Toda la correspondencia dirijase al
:: Administrador: Apartado 1032. ::

SEMANARIO INDEPENDIENTE.

PRECIOS DE SUSCRIPCION

En Puerto Rico y países de la Unión Postal.

Un mes vencido	$ 0.50 oro am
Un trimestre pago anticipado	1.50 "
Un semestre "	2.75 "
Un año "	5.00 "
Número suelto "	0.15 "
" atrasado "	0.20 "

En el extranjero, fuera de la Unión Postal.

PAGO ANTICIPADO

Un trimestre	$ 2.50 oro am.
Un semestre	4.00 "
Un año	7.00 "
Número suelto	0.20 "
" atrasado	0.25 "

Fundado en 1872.   San Juan P. R., Junio 10, 1916.   2a. Serie.   Núm. 24.

Lienzos del Solar.

EVARISTO IZCOA DIAZ.

He aquí el jíbaro puertorriqueño más bravo que tuvimos durante el cambio de soberanía, el más ardoroso, el que con más calor defendía el ideal de independencia patria.

Mientras otros, que hoy son terribles adalides, vegetaban pacíficamente en los últimos años del coloniaje español, este fervoroso jíbaro de Toa Alta no dejaba descansar su nerviosa pluma y su cálida palabra, ambas siempre como flechas contra los absolutismos de los dominadores.

Su espíritu vehemente hasta la exaltación le llevó a menudo a sufrir persecuciones y vejaciones de juéces y fiscales. Varias veces ingresó en las cárceles del país, siempre con motivo de algún artículo violento, y fué en su época el único periodista puertorriqueño que los gobiernos españoles recluyeron en un presidio peninsular.

En otro país de más campo y población, Evaristo Izcoa Diaz, no hubiera escrito quizás ni un sólo artículo: habría sido un revolucionario de acción, un machetero como los de Cuba, un caudillo, un héroe tal vez.

Su pasión no era de odio a España primero, ni a Estados Unidos después.

Su pasión era de amor a Puerto Rico, de culto a esta tierra, de afán por verla libre. Así se explica que fuese separatista contra España hasta que vió

arriarse la insignia española, y contra los americanos desde que éstos enarbolaron aquí su bandera. Y así también se comprende que fuese atropellado por ambos dominadores, es decir, que pasó del atropello de los españoles al de los americanos.

Como rasgo de su intrepidez, se refiere que en San Germán se encaró con el capitán de las tropas yanquis allí apostadas, y tete a tete le dijo: *"Si yo tuviera doscientos hombres como yo, los arrojaría a ustedes de Puerto Rico".* A lo que el militar yanqui contestó: *"Tranquilícese Mr. Izcoa, vamos a tomar cerveza, y cuando usted tenga los doscientos hombres, pelearemos."* Entonces se le vió morderse las manos, al ver cómo el poderío del pueblo conquistador se burlaba en tal forma de la debilidad del pueblo conquistado.

Meses después, enfermo, triste, abatido, ingresó en el Asilo de Damas de Ponce, donde murió pronunciando estas palabras:

"¡Ay, amigos míos, mis males son como los de mi patria, no tienen remedio!"

Luis de Puertorrico.

"Lienzos del Solar". Serie de semblanzas históricas que Lloréns fue publicando en el semanario Juan Bobo. *Aquí la de Evaristo Izcoa Díaz, del 10 de junio de 1916.*

arrojaría a ustedes de Puerto Rico". A lo que el militar yanqui contestó: "Tranquilícese Mr. Izcoa, vamos a tomar cerveza, cuando usted tenga los doscientos hombres, pelearemos". Entonces se le vio morderse las manos, al ver cómo el poderío del pueblo conquistador se burlaba en tal forma de la debilidad del pueblo conquistado.

Meses después, enfermo, triste, abatido, ingresó en el Asilo de Damas de Ponce, donde murió pronunciando estas palabras:

"Ay, amigos míos, mis males son como los de mi patria, no tienen remedio".

La ciudadanía americana*

Hablemos hoy de la ciudadanía americana en relación con el Manifiesto político del señor De Diego y en relación con la próxima asamblea del partido Unionista.

Partimos de la base de que el programa Unionista es opuesto a la ciudadanía americana. Esto es así, ya que el ideal único de dicho partido es la constitución de Puerto Rico en nación soberana e independiente. Pero es lo cierto que tenemos que actuar dentro de una realidad avasalladora, cual es la bandera americana en Puerto Rico; y como nuestra isla no puede conquistar su independencia, de aquí que el partido Unionista deba desenvolverse teniendo en cuenta estas tristes realidades. Es decir, que tenemos que esperar la independencia como producto de un acto democrático de los Estados Unidos, y tenemos que someternos a esperar dicho acto democrático en la fecha que a la república norteamericana convenga actuar en tal sentido. Entretanto, ¿debemos continuar bajo el actual régimen o debemos trabajar por una reforma que ponga el gobierno en manos de nuestro pueblo para ejercitarnos en la práctica del mismo durante el período interino que hemos de permanecer bajo la soberanía americana? Y si todo lo esperamos de los Estados Unidos, y si los Estados Unidos se colocan en actitud de hacernos justicia, ¿debemos alzar en este momento la bandera de las rebeldías y hostilidades?

Tales son los extremos que han de debatirse en la próxima asamblea del partido Unionista. El programa del partido, en su parte sustancial, no creemos que sea necesario tocarlo para nada. Es solamente una cuestión de procedimientos o de diplomacia la que ha de debatirse en la próxima asamblea. ¿Debemos alzar la bandera de las rebeldías y hostilidades en el momento actual? He ahí la cuestión a debatir.

---

* *Juan Bobo*, 12 de agosto de 1916, p. 8.

Nuestro pueblo ya sabe que el presidente Wilson no es el presidente Taft, y que el partido Demócrata, que actualmente gobierna en los Estados Unidos, no es aquel partido Republicano que nos humilló con el bill Olmsted. Mr. Wilson, ante el conflicto de Méjico *(sic)*, ha demostrado que obra de acuerdo con los ideales que predica en sus libros y discursos. Mr. Wilson, en su Mensaje al Congreso, pidió que se hiciera justicia al pueblo puertorriqueño; y en esta última legislatura, la Cámara y Senado de los Estados Unidos han tratado ampliamente la cuestión de Puerto Rico y algunos diputados de aquel Congreso pronunciaron grandes discursos en defensa de nuestro país. Todo esto significa que no estamos ahora en aquel período de absolutismo de Mr. Taft, sino que nos hallamos ahora en un período de hombres que quieren estudiar y atender los problemas de nuestro pueblo. ¿Es justo que levantemos ahora la bandera de las rebeldías y hostilidades? Pensemos, pensemos seriamente en nuestro problema. El problema de nuestro porvenir es la independencia, según claramente está consignado en la plataforma del partido Unionista. Pero el problema de nuestro presente es la reforma que ponga el gobierno propio en manos de nuestro pueblo. En este problema del presente es que debemos trabajar con ahinco para resolverlo cuanto antes: pues la reforma del régimen, al poner el gobierno en manos del pueblo, vigorizará la conciencia colectiva y nos dará fuerzas y alientos para trabajar entonces con más fe hacia la consecución del ideal definitivo.

Ahora bien: el bill Jones es una reforma bastante amplia que no llena por completo nuestras aspiraciones, pero que nos levanta de esta tremenda postración del bill Foraker. Ese bill Jones ha sido aprobado por la Cámara y está pendiente de ser aprobado en el Senado. Puede suceder que esta legislatura se cierre sin aprobarlo, pero es seguro que volverá a plantearse y debatirse en la próxima legislatura de diciembre. ¿Debemos combatir el bill Jones o debemos trabajar para que se convierta en ley cuanto antes? Por una parte, el bill Jones se nos hace simpático en cuanto es una amplia reforma democrática; mas, por otra parte, se nos hace antipático en cuanto trae consigo la ciudadanía americana. Y aquí está ya el problema planteado en su punto culminante. ¿Debemos rechazar la amplia reforma que trae consigo el bill Jones por el hecho de que también trae consigo una ciudadanía que no es de nuestro agrado?

Si se acepta que la tal ciudadanía es un obstáculo insuperable a la realización del ideal de independencia, entonces debemos combatir el bill Jones. Pero si se acepta que la tal ciudadanía no será óbice a que pueda en el futuro realizarse nuestro ideal, entonces debemos trabajar a favor del bill Jones aunque venga con ese rabo antipático de la ciudadanía americana.

En todo esto se dibuja en primer lugar una cuestión jurídica que es conveniente plantear sin ambages. Y es la siguiente: que si el Congreso americano tiene poder para declararnos ahora ciudadanos americanos contra nuestra voluntad, también lo tiene para declararnos mañana en nación soberana e independiente. Pues del mismo modo que tiene poder para anexarnos a su bandera, lo tiene para desanexarnos en el porvenir. No creemos que haya ningún abogado que sostenga el disparate jurídico de que un Congreso no tenga poder para deshacer lo que ha tenido poder para hacer. Y en tal virtud, la ciudadanía americana no nos cierra el camino hacia el ideal de la independencia. El mismo señor De Diego lo ha comprendido así y así lo expresa en su último Manifiesto al país. El señor De Diego dice que la ciudadanía americana, aunque no sea un obstáculo insuperable para la independencia, será siempre un estorbo que nos dificultará la conquista del ideal. En esto puede ser que tenga razón el señor De Diego, es decir, que siendo ciudadanos americanos nos costará más trabajo desligarnos de los Estados Unidos. Mas ello sólo significa que tendremos que hacer más esfuerzos, luchar más, agitarnos más, tomarnos mayor empeño en la conquista de nuestra libertad. Pero entonces también, con el gobierno en manos del pueblo, habrá más vigor en nuestros hombres, más conciencia en nuestras multitudes, y más patriotismo para la realización de cualquier empeño popular. ¿Qué importa que entonces los obstáculos sean mayores si en cambio tendremos pueblo para vencer tales obstáculos?

Por el contrario, si el bill Foraker continúa, dentro de algunos años, aunque no seamos ciudadanos americanos, no tendremos pueblo, ni ideales, ni nada. Porque el bill Foraker es escuela de corrupción y de servilismo, y a su sombra se amortiguarán las virtudes y se atrofiarán los nervios del pueblo puertorriqueño.

Por tanto, la asamblea unionista debe mantener en pie el programa del partido con su único ideal de independencia. Y en cuanto a procedimientos, el momento actual es de diplomacia y de reflexión y de serenidad y de prudencia, a fin de lograr cuanto antes la reforma del odioso régimen actual.

Hambre y millones*

Es ya alarmante el desequilibrio económico que cada día se acentúa más en nuestro país.

Mientras la lujosa pléyade de los empleados vive espléndidamente a la sombra del secular y frondoso mamey; mientras los propietarios de tierras azucareras llenan sus arcas de oro contante y sonante; mientras los dueños de fincas urbanas suben los cánones de sus arrendamientos; mientras el comercio y los bancos prosperan cerrando todos sus años con espléndidos balances; mientras los frutos menores están por las nubes y la carne y los huevos y la leche a precios fabulosos; mientras de nuestros puertos salen los buques cargados de azúcares y tabacos y café, y todo eso se traduce en dinero efectivo o en productos que nos vienen de otros países; y mientras los diarios y las crónicas hablan constantemente de las muchas familias que embarcan hacia el extranjero en viaje de recreo; mientras tanto... mientras tanto, un millón de habitantes gime en la más espantosa penuria económica; miles de familias puertorriqueñas sucumben miserablemente; miles de niños andan harapientos y se acuestan con el hambre en los labios; miles de obreros sudan en los talleres ganando mezquinos jornales; miles de jíbaros se mueren de anemia por falta de ropa y de hogar y de alimentación; y centenares de jóvenes paisanos nuestros son impelidos al crimen por el hambre que los acosa, y las cárceles se llenan de elementos útiles y vigorosos.

¿Por qué tal anormalidad? ¿Por qué tan pavoroso problema? ¿Quién es el causante de tanta desgracia? ¿Quién es el imprevisor que nada hizo para evitarla? ¿Por qué no buscamos el remedio a tanto mal? ¿Qué es lo que debemos hacer y no hacemos para repararlo?

---

* *Juan Bobo*, 12 de agosto de 1916, p. 16.

¿Por qué nuestra prensa es tan idiota que no se ocupa en ese magno problema de vida o muerte para nuestro pobre pueblo? ¿Por qué nuestros periodistas son tan sananos, que no saben hablar más que de don Fulano que entra y de don Zutano que sale, pero nada dicen del pueblo que se muere de hambre? ¿Por qué nuestros políticos y nuestros legisladores son tan despreocupados y negligentes que no se enteran de la miseria general, y si se enteran, nada hacen para conjurarla?

Y este Gobierno que nos rige, ¿por qué es tan imbécil? Y ese Consejo Ejecutivo, y esos jefes de Departamentos, y toda esta máquina gubernamental, ¿para qué sirven?

El Gobierno fabrica aquí una bella escuela, y allá construye una ancha carretera, y más allá una biblioteca, y por acullá una granja de experimentación. Pero todo eso es poesía, nada más que poesía; música para embriagarnos; colorete para alucinarnos; narcótico para adormecernos. La espantosa realidad, el hambre, el problema pavoroso, sigue en pié amenazándonos con el dilema de la emigración o la muerte.

Y, sin embargo, la riqueza existe; nuestra tierra es rica, productiva. Y no digamos nada hoy de los terratenientes particulares. Indaguemos sólo la entidad jurídica que se llama Pueblo de Puerto Rico. ¿Qué hace con sus tierras? Veamos. Las estadísticas del Departamento del Interior demuestran que el Gobierno (el Pueblo de Puerto Rico) posee más de 500 fincas rústicas en la isla. En algunos municipios posee diez, veinte y hasta treinta propiedades: algunas, pequeñas, de diez, veinte o treinta cuerdas; otras, de cien y de doscientas cuerdas; otras de mil y de dos mil cuerdas. En resumen: el Gobierno posee, esparcidas por la isla, más de doscientas mil cuerdas de terreno. ¿Por qué no las cultiva? ¿Por qué no hace algo con esas tierras? Y si no puede atenderlas, ¿por qué no las regala? ¿No es verdad que de este millón de habitantes hambrientos es precisamente que se forma la entidad Pueblo de Puerto Rico propietario de tantas tierras abandonadas? ¿Es posible que el pueblo con minúscula se esté muriendo de hambre mientras el Pueblo con mayúscula no sabe qué hacer con sus tierras? ¿Es posible que haya hombres del pueblo que no tengan un cuadro de terreno donde levantar un bohío, mientras el Pueblo posee, según los

datos estadísticos, más de 200 mil cuerdas en completo abandono?

Es una desgracia, compatriotas míos que tanto criticais mis
sinceridades y aquilataciones, es una desgracia que nuestros
líricos y tribunos le estén cantando a la luna de plata y al oropel
de la gloria y a todo lo que está arriba por las nubes, sin dignarse
mirar hacia abajo, sin preocuparse, sin condolerse del pobre
pueblo que forcejea, que gime, que sucumbe.

Somos separatistas*

Los que, bajo la bandera de España, combatimos contra los absolutismos del régimen colonial español, mientras algunos puertorriqueños que hoy son separatistas eran entonces instrumentos de los dominadores. Los que, en tiempos de Hunt y de Post, nos rebelamos contra la opresión yanqui, mientras algunos puertorriqueños, que hoy también son separatistas, eran aduladores de aquellos gobernantes. Los que en todas las épocas y contra todas las banderas hemos despreciado las influencias del poder, para combatir y combatir siempre por la felicidad de nuestro pueblo, no podemos rechazar y hasta debemos celebrar que los apóstatas y serviles de ayer vengan a nuestro campo y se agrupen hoy bajo nuestra bandera de rebeldía. Pero no podemos aceptar que sobre las cenizas gloriosas de Matienzo y sobre las innúmeras acometidas patrióticas de Muñoz Rivera y sobre la inquebrantable perseverancia de Mariano Abril y sobre las rebeldías nuestras, pretendan ahora monopolizar la bandera de la patria los que carecen de autoridad para ceñirse tan excelso laurel. No tienen autoridad, porque son patriotas de ocasión. hijos del despecho o de rivalidades o de viejos rencores o de algún desaire gubernamental. Y como el pueblo los conoce y sabe que se han ñangotado o humillado muchas veces y que de igual modo podrán volverse a ñangotar o humillar, por eso el pueblo no los sigue, salvo algunos exaltados a quienes ciega el fugaz brillo de una fogata artificial.

Y como nosotros, los separatistas de ayer, los separatistas de hoy, los separatistas de mañana, los separatistas de siempre, queremos que nuestra causa tenga todos los prestigios, que nuestra bandera merezca todas las confianzas, que nuestros caudillos sean firme garantía para los hombres y multitudes que vamos a seguirles y a obedecerles y a secundarles en sus arrestos y perseverancias, de ahí por lo que no vemos con

---

* *Juan Bobo*, 15 de julio de 1916, p. 18.

satisfacción que los Balbás y los De Diego y los Hernández López, que tan esclavos de los gobiernos han sido en otras ocasiones, vengan ahora a erigirse en porta-banderas de nuestra redención. En buena hora que hayan venido a nuestro campo, y que en buena hora vengan también mañana los Travieso y los Barbosa; pero no con ínfulas y arrogancias de caudillaje, porque ¿con qué palabras podremos infiltrarle al pueblo la fe necesaria para seguir a tales caudillos?

Defendemos el bill Jones, no obstante que trae o puede traer la cola que rechazamos de la ciudadanía americana; porque ese bill pondrá el gobierno en manos de nuestro pueblo; porque matará el servilismo de los pitiyanquis; porque viene a darle dos puntapiés tremendos al Consejo Ejecutivo y a la recua enorme de americanos que viven como pulpos del tesoro de nuestros contribuyentes; porque con ese bill se saneará nuestra juventud, que ya no podrá apoyarse en la adulación al gobierno, sino en los propios méritos reconocidos por el pueblo; y, en fin, defendemos ese bill, a pesar de la ciudadanía, porque la ficción jurídica de una ciudadanía oficial o legal no podrá arrancarnos la ciudadanía que vive en la interioridad del alma, y porque estamos convencidos de que, digan lo que quieran las sutilezas y majaderías de los leguleyos, la ciudadanía americana no podrá impedirnos legal ni moral ni políticamente que sigamos reclamando la más amplia soberanía de nuestro pueblo.

Tal es en síntesis la doctrina actual del partido Unionista. Y tales fueron las ideas que ante el Congreso expuso no hace mucho el Resident Commissioner.

"Nuestro ideal —dijo Muñoz Rivera— es la independencia que nos haga ciudadanos de nuestra patria. Pero, como no podemos conquistarla, nos limitamos a pedirla, y si vuestra voluntad no es otorgárnosla ahora, aceptamos temporalmente una reforma democrática que nos permita demostraros nuestra capacidad para gobernarnos como nación independiente".

Y puesto que, después de seis años de alejamiento, nos encontramos de nuevo identificados con las ideas del partido Unionista, a cuya fundación cooperamos en Ponce, sentimos gran orgullo en declarar nuestro propósito de combatir nuevamente en las filas de su vanguardia radical.

Cosas que son clarísimas*

Si hay alguien que no esté loco o que no sea apasionado, que me conteste: ¿es cierto que la solución de nuestro problema no podemos forjarla nosotros sino que la hemos de reclamar y esperar de los Estados Unidos? Es indudable. Puerto Rico, por la inmensa desgracia de su pequeñez, no está en el caso de conquistar su libertad, y tiene que limitarse a pedirla; a pedirla gritando y blasfemando, o rogando y reflexionando, como se quiera, pero no puede hacer otra cosa que pedirla. Por tanto, hay dos caminos para llegar a la libertad; porque hay dos maneras de pedirla: o pedirla insultando, o pedirla razonando.

¿Cuál camino debemos seguir: el del razonamiento, o el del insulto? A nuestro juicio, es clarísimo que debemos seguir el camino que nos marquen los dominadores. Si éstos nos maltratan y se niegan a oirnos, debemos reclamarles nuestro derecho gritándolo a todos los vientos. Pero si ellos se disponen a oirnos y a hacernos justicia, debemos reclamarles nuestro derecho razonándolo con toda serenidad. Esto es tan sencillo que lo puede comprender cualquiera que no esté loco o apasionado.

Pues, he ahí, señores, la diferencia que hay entre nosotros y esos separatistas de última hora. Hela aquí:

Cuando el Presidente de los Estados Unidos era Mr. Taft, aquel que nos insultó en un Mensaje al Congreso y se negó a oirnos y hacernos justicia, entonces esos separatistas de ahora (excepto el señor Balbás) eran partidarios, no ya de la política serena y reflexiva, sino de la política humillante y palaciega; mientras que nosotros entonces proclamábamos la política radical.

Por el contrario, ahora, bajo la Presidencia de Wilson, al ver que éste nos oye y recomienda que se nos haga justicia, nosotros

---

* *Juan Bobo*, 29 de julio de 1916, p. 18.

opinamos que debemos reclamar nuestro derecho reflexivamente; mientras que los sometidos de antes (hoy separatistas) proclaman ahora la política radical.

Así es que, amigos, se nos podrá insultar y censurar y se nos podrá matar; pero jamás comprenderemos esa política rara que consiste en ser corderos cuando se nos pega, y leones rabiosos cuando se nos atiende y se nos considera.

Lo lógico es leña para los Taft y moderación para los Wilson; pero no leña para los Wilson y humillación para los Taft.

Estas son cosas tan claras que las ve todo el mundo. Y los que han procedido de otra manera no pueden esperar el apoyo del pueblo.

Y el resumen es: que los puertorriqueños debemos estudiar nuestros problemas y resolverlos sin oir las vociferaciones de gente que no puede merecer nuestra confianza.

¿Y las industrias?*

Se dice que nuestro país es esencialmente agrícola y mercantil. Cierto. Mas, ¿por qué no ha de ser también un país industrial? Cuando la población aumenta, cuando el exceso de población toma los caracteres de un grave conflicto, cuando el comercio y la agricultura son insuficientes para la subsistencia de las masas populares, los pueblos, entonces, sin dejar de ser agrícolas y sin desatender la vida mercantil, se transforman en pueblos activamente industriales. Y en Puerto Rico ya ha llegado o está llegando el momento de tal transformación. ¿Por qué no la alentamos? ¿Por qué no la encauzamos? ¿Por qué no la estudiamos? ¿Por qué dejarla al azar para que por sí sola se opere sin orden ni previsión, cuando es deber de nuestras fuerzas económicas e intelectuales preparar y secundar dicha transformación a fin de que se lleve a cabo cuanto antes y en las mejores condiciones para el porvenir de nuestro pueblo?

No es que el factor industrial esté aquí del todo abandonado o desatendido; no: las fábricas de cigarros y las de sombreros y la de cerveza y otras demuestran que somos aptos para la vida industrial. Ha llegado, pues, la hora de que nuestros capitalistas mediten en la instalación de nuevas industrias que fácilmente arraigarían y prosperarían en nuestro solar. En meses pasados se habló de la instalación de una fábrica de papel en Ponce aprovechando los saltos de agua del río Inabón. En Puerto Rico, al igual que en las otras Antillas y en Centro y Sur América, todo lo importamos, todo nos viene del extranjero. El papel, el jabón, las telas, los zapatos, los botones, las camisas, las esencias, la manteca, los peines, las tinturas, etc., etc., todo es traído de otros países, que por tal virtud se nutren a expensas nuestras. Y a medida que crece nuestra población, los productos

---

* *Juan Bobo*, 4 de noviembre de 1916, p. 16.

agrícolas de nuestro suelo se van haciendo insuficientes para cubrir el valor de tantas importaciones. Esto nos hace pensar en que, además de productos agrícolas, debemos estudiar la manera de exportar también productos industriales. Ni Cuba ni Venezuela ni Santo Domingo necesitan preocuparse de tal problema, porque en esos países la población es todavía exageradamente escasa, de tal modo que la tierra allí produce con exceso el pan de su reducida población. Es en Puerto Rico en donde debemos ya irnos ideando el mejor método de convertirnos en pueblo industrial a fin de proveer a esos pueblos comarcanos. Más que un Departamento o Bureau de agricultura o de comercio, hace falta aquí un Departamento o Bureau para las industrias. Entre nosotros, la agricultura y el comercio caminan y se desenvuelven sin necesidad de ninguna ayuda. Es el factor industrial el que necesita que se le preste toda la ayuda del gobierno, por la misma razón que en los pueblos analfabetas es donde son más necesarios los Departamentos para la instrucción pública.

El bill Jones, pondrá pronto en nuestras manos el gobierno de nuestro pueblo. De ese modo, caerá toda sobre nosotros la responsabilidad de nuestro porvenir. Y esto significa que el momento se acerca en que debemos despreocuparnos de las triquiñuelas políticas para consagrarnos seriamente a la meditación de nuestros problemas capitales.

Por encima de todo*

Hay algo que está por encima de la "Unión de Puerto Rico" y del Partido Republicano; por encima de las ideas de independencia y estado; por encima de todos los ideales políticos. Algo que es anterior y superior a la patria. Algo sin lo cual la patria no puede existir.

Ese algo es el pan del pueblo. El pan nuestro de cada día. No hablemos de la felicidad del pueblo, de la dignidad del pueblo, de las libertades del pueblo, sin antes hablar de la vida del pueblo, de la comida del pueblo. Sin pan no hay felicidad ni dignidad ni libertad posibles; no hay vida, en fin; no hay pueblo. ¿Qué me importa a mí que usted me hable de los derechos del pueblo a ser soberano e independiente, si nada me dice usted acerca del más sagrado derecho a la vida? ¿Para qué necesita libertades un pueblo que no tenga el pan de cada día?

La idea de Cristo, "el pan nuestro dánosle hoy", es la más humana de las ideas. Seamos, pues, humanos, como Cristo, antes que políticos. Siendo humanos, bien humanos, seremos casi divinos.

Fijémonos actualmente en nuestro pueblo. No tiene qué comer. Está pidiendo su pan; sí, señores, "su" pan, el pan "suyo". El pan de cada día no es del leader Fulano, ni del político Mengano, ni de tal o cual banquero o hacendado. El pan de cada día es "nuestro", del pueblo. Y el pueblo, por boca de Jesús, diariamente dice: "dánosle hoy". No mañana; hoy. ¿Por qué no dárselo?

Actualmente, el pueblo no puede comprar leche ni pan ni habichuelas. Esos artículos de primera necesidad están hoy a precios que el pueblo no puede pagarlos. ¿Debe el pueblo morirse de hambre?

---

* *Juan Bobo*, 3 de febrero de 1917, p. 6.

Ante tal problema, ¿cuál es el deber de los hombres directores de la comunidad? ¿Deben seguir discutiendo sobre las reformas políticas y los puestos del Senado y la Cámara, o deben concentrar sus poderes a resolver el pavoroso e inmediato problema del hambre?

Si la Unión de Puerto Rico quiere seguir siendo un partido noble y grande y digno del amor popular, yo diré lo que la Unión debe hacer en este crítico momento. La Unión debe convocar a sus hombres más sabios y buenos, a todos los que quieran concurrir, y tratar de buscarle una solución al conflicto. Acordada la solución, la Unión debe excitar al Gobierno a realizarla. El partido Republicano debe cooperar con sus hombres y esfuerzos. Y todos juntos, el Gobierno y los partidos, una vez forjado el plan, deben ponerlo en práctica con valor, con energía, aunque los capitalistas chillen y hablen de injusticias y atropellos a la libre contratación y a la propiedad privada.

Ya estamos cansados de que siempre se están pidiendo leyes en defensa del comercio, de la industria, de la agricultura; leyes, en fin, en defensa del capital, del dinero. Y es este el momento de abrir los ojos e interrogarnos: ¿pero, es que el capital necesita que la legislatura lo defienda? ¿qué más defensa que ser capital, es decir, fuerza, poder? En cambio, al pueblo débil, al pueblo hambriento, al pueblo carne de cañón, ¿por qué no lo defendemos?

La hora de defender al rico contra el pobre ha pasado. Esta es la hora de defender al pobre contra el rico. El rico no necesita defensa; se defiende por sí sólo; tiene el poder de su riqueza. Si es verdad que amamos a nuestro pueblo, debemos probarlo defendiendo a la inmensa mayoría de los pobres, no al exiguo número de los privilegiados que para nada necesitan apoyo de nadie.

Y si es verdad que somos buenos, humanos, piadosos, tratemos de contestar cristianamente al pueblo que nos dice:

El pan nuestro de cada día dánosle hoy...

Agüeybana*

No aludo a aquel manso y bonachón cacique Agüeybana, jefe máximo de Puerto Rico en la fecha del descubrimiento de esta Antilla. No aludo, no, aquél que inocentemente invitó en 1508 al caudillo Ponce de León a visitar la isla y le acompañó y mostró sus riquezas. Aquel manso y bobo cacique murió al iniciarse la conquista, y le sucedió su hermano, el rudo, el indomable, el patriota, el valiente, el audaz Agüeybana el bravo.

De Agüeybana el manso, la historia no se recuerda. Para Agüeybana el bravo, nuestro pueblo alzará en el porvenir su más gloriosa estatua.

Sucedió que los conquistadores, después de establecidos en Puerto Rico, se apoderaron de las tierras y se repartieron los indios, sin excepción de los jefes o caciques. De este modo fue que Agüeybana el bravo quedó bajo la servidumbre del conde Don Cristóbal de Sotomayor. Pero nuestro bravo cacique soñó con la redención de su patria: predicó la guerra contra los españoles conquistadores; despertó la fibra patriótica en las tribus indias; mató él personalmente al Conde don Cristóbal de Sotomayor; incendió la villa de la Aguada y demás colonias españolas; predicó la guerra sin cuartel por la independencia de su pueblo; reunió a los indios, los arengó, los inflamó de ardor bélico, poniéndose siempre él primero a la vanguardia de su gente; y eran tales su audacia y su valor, que pudo un arcabucero de Ponce de León derribarle de un disparo, en momentos en que el cacique tenía ya ganada aquella batalla que, no obstante la muerte del indio, terminó con la retirada de los españoles.

Nuestro héroe indio murió así, defendiendo la libertad de su pueblo. Era hombre alto, fornido, corpulento. Cuerpo a

---

* *La Correspondencia,* 3 de abril de 1926, p. 1.

cuerpo, ni el mismo Ponce de León hubiese osado desafiarle. Al caer muerto, ostentaba en su cuello el guanín o insignia de su suprema jefatura.

Su residencia o señorío particular se extendía desde las orillas del río de Yauco hasta las del Jacaguas, hoy Municipio de Juana Díaz.

Allí mató al Conde de Sotomayor; allí había nacido, y allí daba las órdenes de su supremo cacicazgo; allí congregó a sus huestes para la pelea; allí libró sus batallas contra los españoles; y allí le dio muerte el arcabuz del adalid hispano Juan de León.

Los historiadores españoles hablan de él, desdeñándole, calificándole de rudo, malvado, bravucón. Nuestros historiadores han seguido en esto a los españoles: le llaman el cacique díscolo y bravucón; y en cambio se deshacen en elogio para el otro, el manso, el pacífico, el bueno.

Pero la hora de las aquilataciones ha sonado. Ahora podemos franca y libremente escribir nuestra historia. Y a la luz de la moderna crítica, seamos piadosos con el manso Agüeybana, pero rindamos todo nuestro culto al que vibró y soñó y murió por la libertad de su pueblo. Y que el laurel de la inmortalidad sea para Agüeybana el bravo.

Ateneo adentro*

Esto no hay quien lo ignore en el país. El Ateneo, nuestro Ateneo, el Ateneo puertorriqueño, es el primer centro de cultura que tenemos en Puerto Rico. Todos hablamos de él con orgullo; huele a solar, a laureles viejos; lo cubre cierto polvillo de gloria nativa.

Allí, los retratos de los más gloriosos muertos de esta tierra (faltan Canales, Cortón, Bonafoux, Manuel Alonso, José de Jesús Esteves).

Allí, unas cuantas mesas para jugar ajedrez.

Y allí, una ruin y vieja biblioteca.

Lo mejor de la biblioteca es la famosa Enciclopedia de Diderot, obra monumental en que colaboraron los más grandes ingenios de Francia. Allí está compuesta de 24 volúmenes; allí, en uno de los estantes del Ateneo; allí, desde el año 1879.

Yo pensé al verla: ¡cuántos puertorriqueños de la presente y de la pasada generación habrán tenido en sus manos estos volúmenes!

Y abrí el estante, con cierto respeto religioso, ansioso de que mis manos también tocaran aquellos tomos que me parecían casi sagrados.

Y hojeé uno, y otro, hasta el último. Todos intactos. Ni aun cortadas las hojas. Nadie los había hojeado desde que están allí...

Desde el año 1879.

---

* *La Correspondencia*, 14 de abril de 1926.

Los gallos*

Los gallos son algo tan puertorriqueño, tan jíbaro, tan de nuestro solar, que bien merecen que se les estudie y se les defienda y se les cante en décimas y se les toque la Borinquen.

Ante todo, tienen la suprema dignidad de la belleza. Las demás aves, casi todas, son siempre de un mismo color. El gallo es giro, es pinto, es rubio, es canagüey, es búlico o lórigo, es blanco, negro, amarillo, cenizo, cañamazo, es de todos los colores y de todos los tonos y matices y combinaciones de color. Su forma es también bella, bellísima, por la esbeltez y arrogancia de sus curvas y de sus movimientos. Tiene la cresta que parece una condecoración y la barba que le da aire de galán romántico y desfacedor de entuertos; tiene la gola o golilla de plumas brillantes y relucientes, con que ondula sus retos al macho rival y sus coqueteos a la hembra veleidosa; y tiene los flecos de la espalda y los espadones de la cola, el más lujoso capricho de la gran sedería de la naturaleza.

No necesita más para cautivar nuestra adoración. Pero aún se enjoya de más valiosas alhajas. Su garganta es el clarín de la selva. Su canto, en la madrugada, es el grito del bosque que despierta, y a la media noche, suena como una resonancia que nos llega de la eternidad.

Tiene otra gran virtud, su incastidad, su loca incastidad. Ama a la gallina prescindiendo de que sea blanca o negra, inglesa o mestiza, grande o chica; la ama sólo porque es hembra, y las ama a todas porque son hembras. Tiene el instinto de Dios, el instinto creador, hacedor, fecundador, que sólo sabe crear, germinar, que nada sabe de pequeñas diferencias de razas y colores. El gallo no conoce, no, la monstruosa ridiculez de los

---

* *Puerto Rico Ilustrado*, 28 de abril de 1926, p. 11.

prejuicios sociales. Por eso Dios lo hizo bello y valiente, para que no fuera bobo y casto como la paloma.

Pero lo más notable del gallo es su bravura, su valentía. En esto no tiene rival, no tiene límites; su valor es clásico y único en la naturaleza. Pelea por su solar, pelea por sus hembras, pelea por gusto de pelear. De las cosas más interesantes del mundo es la alegría, la inmensa alegría con que el gallo se lanza a la pelea. Parece que para él no hay placer más grande que el pelear y se desborda como de gozo cuando alcanza a ver al rival que viene a disputarle el campo.

No conocemos los misterios de la creación. Pero sí vemos que el afán de pelea es ingénito en todos los gallos, es como parte o esencia de su propia naturaleza. Y así hemos de pensar que en ellos se cumple algún secreto del Creador, algo que es divino y que es necesario que se realice para la buena marcha del mundo. Lo contrario es la estupidez de suponer que Dios ha hecho las cosas sin ton ni son.

Nada hay, por tanto, más ridículo que el prejuicio de muchos legisladores, jueces y policías queriendo matar la costumbre o diversión popular de las jugadas de gallos. No la matarán, no. Porque el pueblo obedece la ley cuando la cree buena o necesaria, pero la viola y se ríe de ella cuando su instinto le dice que es hipócrita o estúpida. Y si algo hay hipócrita es prohibirle al pueblo la diversión de los gallos, a pretexto de crueldad. Habría que demostrar antes que más cruel no fue Dios al crearlos con ese instinto. Y habría que demostrar también que la ley no consiente y sanciona otras cosas más crueles, por ejemplo, que unos pocos hombres tengan exceso de comida, mientras otros muchos se estén muriendo de hambre.

¿No es más cruel esta enconada lucha por la existencia, esta asquerosa pelea de hermanos contra hermanos por el mísero dólar?

La copla jíbara*

En la paz nocturna, cuando el bosque ronca su letargo y el río hila su insomnio y la rubia choza se arrodilla ante la inmensidad, salta, entonces, de la garganta de la serranía, un lamento, una plegaria, un sollozo: la copla criolla, la décima jíbara, la vieja copla de 400 años.

Más que cantarla, la reza la jíbara triste, para encender la pálida telaraña de su amor, para endulzar el chorro de su pezón en la boca del hijito de su alma, para devolverle al cielo el rayo de luna que la besa en el bohío.

La trova el carretero de la medianoche, en el trillado camino rural, al lento paso de su yunta de bueyes y al golpe sonoro de las ruedas de su carro.

La canta el inmaculado jíbaro, junto a la puerta de su hogar, para teñir su ya canosa amargura de colono, para empolvar de harina de ensueño la barba de su viejo dolor.

La repica la campana de cristal de nuestra raza, cristal inquebrantable, espejo inmarcesible, que no han logrado rayarlo los diamantes del anillo con que el Dios Mercurio está desvirginando la doncellez espiritual del Nuevo Mundo.

La canta, en fin, el alma ancestral de nuestros montañeses. Mana de la pura fuente de la espiritualidad puertorriqueña. Vuela en las alas blancas del rústico cuatro. Desgarra, al volar, el romántico nido de recuerdos que por siempre vivirán y de esperanzas que jamás han de morir. Y parece que es nuestra montaña la que la canta y la solloza como si en lo más hondo de ella estuviera cantando y sollozando todo el inmenso corazón de nuestro pueblo.

---

* *La Correspondencia*, 21 de mayo de 1926, p. 1.

La rebelión de Lares*

*Incubación del grito revolucionario,
causas de su fracaso*

Es indudable que la rebelión de Lares, que estalló en la noche del 23 de septiembre de 1868, no fue un acto impremeditado, como antes se pensaba. Por documentos y otras pruebas fidedignas, ahora se sabe que se venía fraguando desde dos o tres años antes. Ruiz Belvis principalmente, y Betances después, fueron los factores principales, alma mater de aquella revolución.

Se sabe también que, con anterioridad al año 1868, venía funcionando en Estados Unidos un comité revolucionario, compuesto de puertorriqueños y cubanos, y que allí se acordó y planeó el levantamiento a un tiempo de ambas islas, Cuba y Puerto Rico. De aquel plan surgieron el grito de Lares en Puerto Rico y el grito de Yara en Cuba.

Cuando yo me decidí a escribir mi drama histórico-poético *El Grito de Lares*, los intelectuales y el pueblo de esta isla no sabían nada de aquella rebelión ni de los hombres que la realizaron. El propósito de escribir el drama surgió una noche, en la Plaza Baldorioty de San Juan, estando allí en tertulia Muñoz Rivera, Canales, Matienzo y yo. Los cuatro nos lamentábamos de lo muy poco que sabíamos sobre aquel gesto patriótico. Al instante, Muñoz Rivera me exhortó a describirlo y a cantarlo en un poema épico. —Escribiré un drama en prosa y verso —le dije. E inmediatamente añadió él: —Yo escribiré el prólogo poniendo a hablar en escena al héroe principal. Ni él ni yo, en aquel momento, sabíamos quién iba a ser el héroe principal, ni teníamos de los que hablábamos más que vagas y remotas nociones.

---

* *El Imparcial*, 23 de septiembre de 1937, p. 26.

Dos o tres días después, conseguí el apasionado libro de Pérez Moris, *Historia de la Revolución de Lares* y algunas otras fuentes históricas, ninguna de mucho valor. Me vi con Muñoz y le indiqué la necesidad de ir a pasarnos un día a Lares, a fin de hablar allí con varias personas que aún vivían y que ya sabíamos que habían tomado parte en la rebelión. Fuimos a Lares y nos comunicamos con dichas personas, hombres ya viejos, de prestigio, honorables, de cuya veracidad no se podía dudar. De ese modo reunimos los datos históricos para el drama y los que hoy me sirven para esta síntesis que ahora doy al público puertorriqueño.

Muñoz y yo quedamos entonces convencidos de que el plan revolucionario, en la forma que se había ideado y preparado, era de éxito casi seguro, partiendo de la base de que en Cuba se efectuaría al mismo tiempo otro levantamiento general. Los revolucionarios puertorriqueños tenían más de cincuenta sociedades secretas, una en cada pueblo de la isla, todas preparadas con armas bien guardadas en sitios ocultos, la mayor parte enviadas por Betances desde Santo Domingo. La insurrección iba a estallar el mismo día (29 de septiembre) en todos los pueblos, y el número de insurrectos a levantarse se calculaba en cinco o seis mil hombres bien armados, con probabilidades de duplicarse o triplicarse ese número al iniciarse la rebelión. Pero ocurrió lo inesperado. Un espía descubrió uno de los clubs; se hizo en él un registro por funcionarios del gobierno; se supo los nombres de los principales conspiradores en la región de Lares, Pepino, Las Marías; se libró orden de arresto contra todos; y esto obligó a los de Lares y el Pepino a anticipar el levantamiento y realizarlo en la noche del 23 de septiembre (seis días antes de la fecha fijada para el levantamiento en toda la isla). La noticia cundió por todos los pueblos, el gobierno tomó las precauciones necesarias, se hizo toda clase de registros y arrestos, los demás clubs secretos no pudieron funcionar y comunicarse unos con otros, y por esas y otras razones no logró efectuarse el levantamiento general.

Los ochocientos hombres, más o menos, que se habían anticipado en Lares y el Pepino, prontamente se vieron rodeados por unidades de tropas españolas que se destacaron de

Aguadilla; y entonces, ante la imposibilidad de luchar contra ellas, y sabiéndose ya que los otros pueblos no habían podido secundar, resolvieron dividirse e internarse en las montañas en pequeños grupos, a lo sumo de cincuenta hombres; grupos de hombres que pelearon con heroicidad, perseguidos y arrasados por fuerzas superiores, muriendo casi todos, incluso los cabecillas. La historia señala los nombres de Manuel Rosado (el Leñero), Manuel León, Baldomero Bauren, Matías Brookman (americano de Louisiana), y otros, como héroes que murieron bravamente defendiendo las libertades de nuestra patria. Digno también de especial mención, Joaquín Parrilla, acompañado de varios insurrectos, se parapetó en lo alto de unas rocas; y cuando todos sus compañeros habían perecido, quedando él solo, y al ser intimado por el capitán español a que se rindiera, contestó: "¡Parrilla no es hombre que se rinde!"; y allí murió, acribillado a balazos.

No podemos terminar esta síntesis de valor y patriotismo, sin mencionar a la inmortal heroína puertorriqueña, a quien no se le ha rendido aún la merecida consagración. Los jíbaros del 1868 la llamaban Brazo de Oro.

¡Brazo de Oro!

Brazo de Oro, la muy bella y magnánima doña Mariana Bracetti, flor aristocrática del solar puertorriqueño, que en plena belleza y juventud erró a caballo por las serranías de Lares, exponiendo al sol y a la lluvia sus mejillas de rosa, sus manos de marfil y sus brazos de oro, en sueños de patria y libertad; esta gran hembra puertorriqueña, que fue perseguida y encarcelada por sus patrióticas rebeldías; que parió en la cárcel; que no sabía de *One Step*, pero supo bordar las banderas revolucionarias; ésta nuestra heroína, que muchos años después de su prisión tuvo que comparecer como testigo ante un tribunal de la colonia, y al preguntarle los jueces: ¿ha sido usted condenada alguna vez?, contestó: "Sí, señores, he tenido la gloria de ser condenada por defender la libertad de mi patria"; esta muy bella y magnánima doña Mariana Bracetti es el bravo modelo de patriotismo que aquí ponemos ante los ojos atontados de la hoy sumisa intelectualidad puertorriqueña.

Cinco poetisas de América*

Clara Lair—Alfonsina Storni—Gabriela Mistral
Juana de Ibarbourou—Julia de Burgos

A esta hora hispanoamericana, en el campo de la poesía ocurre lo que en las pistas de los hipódromos: que las hembras corren tanto o más que los machos. Saltan en seguida, a esta página, cinco cumbres hembras de nuestro idioma castellano en América: Clara Lair (puertorriqueña de Barranquitas), Gabriela Mistral (de Chile), Alfonsina Storni (de Argentina), Juana de Ibarbourou (de Uruguay) y Julia de Burgos (puertorriqueña de Carolina). A excepción de esta última —la Burgos—, de 21 años de edad, las otras cuatro están en plena madurez intelectual. De ellas, a la puertorriqueña Clara Lair la conozco hace años, desde que plumeaba en prosa para la revista *Juan Bobo,* bajo el seudónimo de Hedda Gabler. A Gabriela Mistral la conozco y me honro con su amistad, desde hace tres o cuatro años. A nuestra Julia de Burgos la conocí van como dos meses, aunque antes me había hablado de ella nuestro gran tribuno José Yumet Méndez, diciéndome que era una poetisa genial sin precedente en nuestra literatura ni nadie que pueda igualarla en el presente, y además, ahora poco, leí un libro de ella (veintitrés poemas), aun no publicado, que me prestó la escritora Isabel Cuchí Coll, quien publicó en Santo Domingo un jugoso juicio sobre Julia, del que copio: "El tomo consta de 23 poemas que nos revelan una poetisa nueva, original, de vigorosa mentalidad. Su aspiración patriótica es independentista: ideal que desnuda en algunos de sus poemas, en forma recia, fuerte, agresiva, de varonil valentía". Y en cuanto a la Storni y la Ibarbourou, sé de ellas sólo por la lectura de sus

* *Puerto Rico Ilustrado,* 13 de noviembre de 1937, pp. 14, 15, 62.

mejores poemas. Creo, en fin, que podré hacer crítica justa, aunque sintética (dado el espacio de que aquí dispongo), sobre estas cinco cumbres de la poesía hispanoamericana.

Gabriela Mistral es, entre las cinco, la de más popularidad, la que mejor ha sabido darse a conocer, no sólo por sus libros en prosa y en verso, sino porque ha viajado por toda la América y gran parte de Europa (España, Italia, Francia, Portugal), divulgando sus interesantes conferencias críticas de reconstrucción social. Como poetisa, juzgándola más por sus últimos poemas, aún no dados al libro (que yo sepa), puedo decir que he visto en ella tan nueva modalidad de captación lírica, tan limpio y hondo impulso renovador, que difícilmente podrá ser desplazada de su actual supremacía.

Clara Lair, puertorriqueña de Barranquitas —nuestra poetisa de la montaña—, es de hálito tan conceptuoso en el verso como en la prosa. Clara es maestra en la serenidad de pilotear el poema en el rumbo que ella le traza previamente. Y si no en abstracciones metafísicas, sabe filosofar profundamente en todos los planos en que las vulgaridades de la vida rozan su honda y fina sensibilidad de poetisa. No brinda en sus versos de amor los panales que prodiga magistralmente la Ibarbourou ni logra la musicalidad y la vibración lírica con que nos asombra Julia de Burgos; ni alcanza en técnica a la Mistral y la Storni. Pero ninguna de éstas la supera en la singular llamarada, mezcla de mente y sensibilidad, con que Clara sabe alquimiar sus inimitables estrofas.

Juana de Ibarbourou y Alfonsina Storni, la uruguaya y la argentina, han sido hasta ahora, en América, las dos poetisas que más se han adentrado en el corazón de las mujeres hispanoamericanas. De Juana, más que de Alfonsina, puede afirmarse que pocos, incluyendo aquí a los más grandes poetas de América, saben como ella labrar y pulir el ánfora de sus brujos poemas de amor. Y de Alfonsina, más que de Juana, puede afirmarse también que muy pocos, entre los poetas más pensadores, saben como ella empapar de ideas originales los vuelos mentales de sus concepciones líricas.

Julia de Burgos, puertorriqueña, es en esta hora la promesa más alta de la poesía hispanoamericana. Asombra la refinada consciencia literaria con que esta muchacha genial borda cada frase de sus poemas. Ninguna otra poetisa de América, por otra parte, tiene el arrebato lírico, la vibración emocional, con que inflama sus cantos esta joven poetisa puertorriqueña. En los vuelos puramente metafísicos, cuando el pensamiento sobrepasa todo plano de sensibilidad, para entrar en las honduras de las netas abstracciones, Julia de Burgos es única, porque hoy no hay en nuestra América ningún poeta que pueda seguirla en la altura de sus vuelos ideológicos. Por su abuela paterna tiene un cuarto de sangre germánica que se advierte en ciertos rasgos de su óvalo facial y más en su propensión mental a las abstracciones kantianas, con su ironía se solaza en el verso (ahí está el poema *Nada*) y en que zahonda con firmeza en la prosa su mente pura (su razón pura, que diría Kant) desintegrada de toda sensibilidad, de toda aprehensión experimental, de toda visión de lo existente, de toda captación sensorial.

Y aquí reviento, si no le digo a Julia de Burgos, a la vez que a todos los catedráticos de filosofía, apasionados como ella del kantianismo metafísico, lo siguiente: que toda la metafísica de Kant se me cayó de las manos, derrumbándome estrepitosamente (entiéndase en cuento a lo que él quiere construir como razón pura), cuando vi, y esto lo he discutido con la Burgos sin lograr convencerla, que el gran metafísico alemán, en muchas de sus intrincadas abstracciones alrededor de la razón pura, la somete o por lo menos la conecta a las ideas que tenemos del bien y del deber, sin ver o meditar que éstas son también sensaciones (no ideas puras), como derivadas de nuestra aprehensión empírica del universo y de los seres y cosas y aún de nosotros mismos.

Entre estas cinco poetisas, las más gemelas son Clara Lair y la Storni; no sólo en sensibilidad y mentalidad, sino en la manera de concebir y hasta de elaborar el verso; no puede negarse que hay influencias de la Storni en nuestra Clara Lair, como en Darío las hubo de Verlaine y en Bécquer de Heine; pero se apartan, abriéndose un mar entre ambas, en el gesto y actitud ante la vida. Ante la pequeñez humana, la reacción de Alfonsina es siempre de desprecio, mientras la de Clara es de amargura y dolor. Examínense los poemas *Perdón*, de Clara y *Hombre*

Pequeñito, de Alfonsina, seleccionados en estas páginas. En ambos poemas, el nervio es la reacción que toda mujer superior experimenta prontamente al enamorarse de un hombre vulgar o de inferior mentalidad. Clara, en su poema *Perdón*, es más complicada, acaso más sutil que Alfonsina en su *Hombre Pequeñito*; pero, Alfonsina aparece más humana y más sincera y en ella se revela más la mujer superior ante el amante mediocre: confiesa que lo amó, que le dio media hora de amor, pero ante su torpe incomprensión, lo desprecia diciéndole: "No me pidas más". Clara Lair, en su *Perdón*, ni desprecia ni perdona; sigue amando en silencio al amado vulgar; y se acurruca dolorosamente en la más sutil y trágica amargura. Quién sea superior, si Alfonsina, en su desprecio, o Clara, en su amargura, no es simple problema espiritual, ya que depende del alma con que lo mire el lector.

De Juana de Ibarbourou se publica en esta selección el poema *Implacable* que es una de sus mejores joyas poéticas. Este poema, aparte de su grandeza estética y moral, denuncia el error de los que creen que el consonante obliga al poeta a no expresar en toda su belleza y claridad la idea o el sentimiento del poema. Esto podrá ser verdad para los poetas inferiores; no para los altos poetas, a quienes el consonante los lleva a encontrar nuevos y raros y bellos modos de expresión:

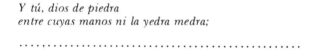

> *Y tú, dios de piedra*
> *entre cuyas manos ni la yedra medra;*
>
> . . . .
>
> *¡Vete, dios de hierro,*
> *que junto a otras plantas se ha tendido el perro!*

Nadie puede dudar del acierto poético que brilla en la frase "dios de hierro" aplicada al hombre implacable descrito en ese bellísimo poema de Juana. Nadie ha de dudar, tampoco, que Juana la cinceló impelida por la dictadura del consonante. Pero es claro que, por sobre todo, está la maestría de la incomparable poetisa uruguaya. El otro poema, *Como la primavera*, sería mucho más bello sin los cuatro versos finales.

De Gabriela Mistral se seleccionan dos bellos poemas: *Beber*, que es nuevo, e *Intima*, del inmortal libro *Desolación*. Del crítico cubano Jorge Mañach son estos atinados conceptos:

> *Otras mujeres, antes y después que la Mistral han dicho en las tierras nuestras sus ansias de amor. Ese concierto de voces, muy vecinas en el tiempo, es de una originalidad que aún no se ha subrayado bastante. Puede decirse, sin generalizar tal vez demasiado, que desde la paganidad sáfica las mujeres no habían cantado sino a media voz, con acento doméstico casi siempre, o velado de inhibiciones y de sutiles hipocresías. Fue necesario que se individualizara, con el Modernismo, la voz poética en el ancho espacio americano, más despejado de prejuicios, para que la mujer se atreviese a cantar de nuevo su instinto, a sublimar su vocación genésica, salvando las barreras escolásticas y puritánicas entre el espíritu y la carne y devolviéndole a ésta aquel prestigio de pureza y de sanidad que los griegos comprendieron tan bien. Es la parábola americana de mujeres poetas, que "han dicho el gozo de amar arrojando en la poesía universal un ardor extraño, una sinceridad turbadora", María Enriqueta, Juana Borrero, María Eugenia Vaz Ferreira inician esa revelación progesiva hacia la intimidad plena; Delmira Agostini, que muere el año mismo en que la Mistral da su canto primero, vence ya del todo la reticencia y ofrece, con palpitante crudeza, "su alma sin velos y su corazón de flor", que dijo Darío. Su sensualismo, cruzado ya de ráfagas metafísicas, desemboca, por un lado, en el paganismo fogoso de Juana de Ibarbourou; por el otro, en la cristianización del instinto que la chilena anunció. A la Mistral le estaba reservada, en efecto, la síntesis: un acorde profundo de la voz de la carne y la voz del espíritu, que halló su tema integral en el apostolado lírico de la maternidad. Cruzábanse en ella la afirmación pagana de la legitimidad erótica con la afirmación cristiana que tuvo en María su símbolo.*

De Julia de Burgos se han seleccionado dos poemas completamente distintos: se ha querido así marcar la dúplice modalidad de esta poetisa. El poema *Río Grande de Loíza* nos asombra, no sólo por su vuelo lírico, por su vibración emocional, por la originalidad en las imágenes y expresiones, sino más aún por la exquisita sensibilidad que revela y por lo hondo del pensamiento en algunas estrofas. El muy fino crítico y poeta

Eugenio Astol, dijo asombrado al leerlo: "éste es de los mejores poemas que ha producido Puerto Rico". Es verdad, sin remontarse a un asunto más noble o elevado, es muy difícil llegar a la altura de ese poema, en que nuestra joven poetisa se presenta como la más ultramoderna y más de vanguardia entre estas cinco geniales trovadoras de América, y la más artista y pura en el refinamiento de cada palabra y de cada expresión. Su otro poema, *Nada*, no tiene nada de ser nada. Para captarlo y aquilatarlo en toda su profundidad filosófica —la metafísica es la pasión de Julia— hay que tener fuerte base de cultura en estas disciplinas mentales. A mi juicio, el poema es todo una ironía metafísica desde el primero al último verso. Nos parece una síntesis de las teorías de los filósofos ingleses Hobbes, Locke y David Hume, presentada en forma irónica, contra el idealismo de Berkeley y contra los metafísicos que niegan la existencia del universo, de la vida, de los seres y de toda la realidad circundante.

Bendito sea nuestro pueblo puertorriqueño que, además de grandes hombres, da también grandes mujeres que repican la campana de nuestra gloria ante todos los pueblos de América.

La colonia,
el servicio militar obligatorio
y la independencia nacional*

Sin haber solicitado el consentimiento de Puerto Rico, Estados Unidos está reclutando puertorriqueños y llevándolos a la guerra. Debemos pensar que el gobierno americano no se cree obligado a pedir tal consentimiento, porque quizás el vigente régimen colonial de Puerto Rico autorice semejante proceder. Pero, levantando el corazón sobre anomalías coloniales, con orgullo confesamos que los soldados puertorriqueños, en la presente guerra, están peleando ardorosamente, con alma y vida y corazón, bajo la bandera americana. Y sépase que dicha confesión, a la que nos lleva nuestro sentir a favor de los aliados, no nos impide opinar que el pueblo puertorriqueño debe ser exento del servicio militar obligatorio no para la presente, pero sí para las futuras guerras de Estados Unidos.

El deber de dar la vida por la patria es de los más altos deberes humanos. Pero ese sacrificio de sangre y de vida, como tributo obligatorio, sólo la patria tiene derecho a imponerlo; aunque a veces se realice voluntariamente en defensa de algún grande ideal.

El sacrificio de ir a una guerra a pelear, quizás a morir, es tributo que a ningún pueblo debe imponérsele por la fuerza, sin su consentimiento expreso, si a conciencia no se sabe el sentir de su corazón.

Hasta hace 45 años, Cuba y Puerto Rico fueron colonias de España. Nunca España les impuso a estas islas el servicio militar obligatorio. El llamado tributo de sangre no se conoció en América en ninguna colonia bajo la bandera española. Y hace tres cuartos de siglo, discutiéndose en el Senado español sobre reformas a la ley del servicio militar obligatorio, se dijo por uno de los

---

* *El Imparcial*, 26 de enero de 1944.

senadores: "El tributo de sangre no debe afirmarse en la ley, si antes no palpita en el corazón del pueblo que ha de rendirlo; lo decretamos para los españoles peninsulares, cuando lo sentimos latir en el corazón de todos; y no se lo imponemos a las colonias, porque somos colonizadores, pero no somos tiranos".

En Estados Unidos, la verdadera declaración de guerra la hace el Congreso, en que hay senadores y representantes de todos los Estados de la Unión. De ese modo, la guerra declarada por el Congreso es guerra declarada por todo el pueblo estadounidense que en su Congreso tiene la debida representación con voz y voto.

Los americanos juzgaron tiránico que, sin su consentimiento o su intervención o representación, Inglaterra los obligase a pagar ciertos impuestos o contribuciones; y a la tiránica actuación inglesa, las 13 colonias respondieron con la gloriosa epopeya de su libertad. Y si es tiránica la imposición de tributos monetarios, sobre bienes muebles e inmuebles y sobre rentas, sin el consentimiento o representación de los contribuyentes, no hay en lengua humana verbo con que anatematizar la máxima tiranía de imponerle a un pueblo sin su voluntad el cruento tributo de su sangre y de su vida.

Los anteriores párrafos se refieren a Puerto Rico; pero no a la presente guerra, en que toda la América, en fervorosa fraternidad, se dispone a los supremos sacrificios en pro de la democracia y de la civilización. Puerto Rico, bajo el régimen colonial que lo oprime, no ha podido en derecho hacer declaración de guerra, como la han hecho Estados Unidos, Brasil, Cuba, México, Venezuela y demás pueblos de América; pero, espiritualmente, Puerto Rico también ha declarado la guerra y ha escrito su declaración: la ha declarado y escrito con sangre puertorriqueña en los campos de batalla .

El pueblo de Estados Unidos sabe —lo grita su historia— que los puertorriqueños no están obligados a rendirle el tributo de su sangre y de su vida, a no ser por su consentimiento debidamente manifestado: esto es así —o debe ser así— en derecho internacional y en derecho natural y bajo todas las filosofías del derecho.

Y en estos momentos, en que ante el Congreso de Estados Unidos se está tramitando un proyecto de ley para reformar el vigente régimen colonial de Puerto Rico, debe incluirse la oportuna disposición en que se declare: "que al pueblo puertorriqueño no se le impondrá el servicio militar obligatorio, a no ser con su consentimiento, expresado por la Asamblea Legislativa de Puerto Rico".

Deber de los americanos es declararlo así; y deber de los puertorriqueños es pedir que así se declare. Y es un derecho que si los puertorriqueños no lo pidiesen y si los americanos no lo declarasen, ambos se desprestigiarán ante el mundo.

¿Quién puede asegurar que en lo futuro no podrá haber guerra entre Estados Unidos y España, o entre Estados Unidos y Sudamérica? Si ese caso llegase, y si a Puerto Rico se le obligara a pelear sin su consentimiento, tendrían que ir los puertorriqueños a combatir con pueblos hermanos en idioma, costumbres, raza, religión. Y también tendrían que pelear en caso de otras guerras originadas por cuestiones económicas en que no haya ningún interés para el pueblo puertorriqueño.

La solución mejor para americanos y puertorriqueños es el proyecto del Senador Tydings decretando la independencia de Puerto Rico.

Si el Congreso de Estados Unidos, saltando por sobre la Carta del Atlántico y por sobre los ideales democráticos de la actual guerra, se negase a dar a Puerto Rico su independencia, decidiéndose únicamente por la proyectada reforma del vigente régimen colonial, entonces, nuestro deber sería notificarles, al Congreso y al pueblo de Estados Unidos, que el sentimiento popular puertorriqueño demanda, con preferencia a toda otra reforma, la declaración de no ser obligados los puertorriqueños, sin su consentimiento, a rendir la contribución de su sangre y de su vida en ninguna otra guerra.

Y si es que en el futuro miles y miles de madres puertorriqueñas han de renunciar a las caricias de sus hijos para verlos marchar a los campos de batalla, hay en el presente miles y miles de puertorriqueños prestos a renunciar lo del gobernador electivo y demás proyectadas reformas coloniales. Que si se obliga a las madres puertorriqueñas a renunciar a sus hijos, no es puertorriqueño quien no sienta el impulso de renunciar a todo lo demás; o como dijo el insigne Ganivet: "donde la madre da el hijo, todos debemos darlo todo".

INDICE

168

*La composición tipográfica
de este volumen se realizó
en los talleres de Ediciones Huracán
Ave. González 1002
Río Piedras, Puerto Rico.
Se terminó de imprimir
en noviembre de 1986
en Editora Corripio, C. por A.
Santo Domingo, República Dominicana.*